你的沉默让我胆战心惊

杰克·斯派赛诗选

〔美〕杰克·斯派赛 —— 著

肖水　白哲翔 —— 译

北京出版集团
北京十月文艺出版社

图书在版编目 (CIP) 数据

你的沉默让我胆战心惊：杰克·斯派赛诗选 /（美）杰克·斯派赛著；肖水，白哲翔译. -- 北京 ： 北京十月文艺出版社，2025.6.
　　ISBN 978-7-5302-2391-8

Ⅰ. ①你… Ⅱ. ①杰… ②肖… ③白… Ⅲ. ①诗集—美国—现代 Ⅳ. ①I712.25

中国国家版本馆CIP数据核字（2024）第099781号

你的沉默让我胆战心惊
杰克·斯派赛诗选
NI DE CHENMO RANG WO DANZHANXINJING
〔美〕杰克·斯派赛　著　肖水　白哲翔　译

出　　版	北京出版集团
	北京十月文艺出版社
地　　址	北京北三环中路6号
邮　　编	100120
网　　址	www.bph.com.cn
发　　行	新经典发行有限公司
	电话 010-68423599
经　　销	新华书店
印　　刷	北京盛通印刷股份有限公司
版　　次	2025年6月第1版
印　　次	2025年6月第1次印刷
开　　本	880毫米×1230毫米 1/32
印　　张	11.75
字　　数	245千字
书　　号	ISBN 978-7-5302-2391-8
定　　价	59.00元

如有印装质量问题，由本社负责调换
质量监督电话　010-58572393

版权所有，未经书面许可，不得转载、复制、翻印，违者必究。

杰克·斯派赛（Jack Spicer, 1925-1965）

美国旧金山文艺复兴派青年领袖。1925年生于洛杉矶。1940年代末于加州大学伯克利分校就读时，与罗伯特·邓肯、罗宾·布拉泽一起自称"伯克利诗歌复兴"。1950年麦卡锡主义恣肆时期，因拒绝签署"忠诚誓言"而失去助教职位。1954年，与友人共创垮掉派运动全国性爆发的象征性场所"六画廊"。1957年，创办"诗如魔法"工作坊，培养了理查德·布劳提根等众多诗歌新人。1965年7月31日，因长期酗酒在电梯中昏迷，8月17日逝世于旧金山总医院。去世时他主要在旧金山的诗人中广为人知，但随着时间的推移，他已逐渐被公认为美国后现代诗歌中最有趣、最苛刻和最有价值的诗人之一。代表作有诗集《仿洛尔迦》（1957）、《以太城的首领》（1960）和《圣杯》（1962）等。

热爱杰克·斯派赛的人们迟到了

肖　水

一

热爱杰克·斯派赛和不热爱杰克·斯派赛的人，生活在同一个星球上。

前者中包括被誉为"美国第一位后现代小说家"的理查德·布劳提根，他将自己的名著《在美国钓鳟鱼》献给杰克·斯派赛。我就是从这本书的献辞中，第一次知道了这个星球上曾经有一个人叫杰克·斯派赛。

很快，我知道了他是一位比布劳提根更年轻的死者，并在布劳提根丰富而离奇的故事中，辨析出来他是布劳提根并不热衷于记录的好友，和写作上真正的老师。

在介绍两人的关系时，到底用"导师"还是"老师"，长期以来，我犹豫不决。布劳提根参加了斯派赛主持的"诗如魔法"工作坊，其包括《在美国钓鳟鱼》在内的作品多次得到斯派赛的指点，甚至修改，皆为事实。但斯派赛如何引领了布劳提根的写作——我说的是文本内部，那种生长性的东西——却是在我经历了《在美国钓鳟鱼》《布劳提根诗选》《草坪的复仇》等数本书漫长的出版周期后，将目光投注到斯派赛本人的过程中，慢慢认知清楚的。不久，我撰写了两篇分别名为《杰克·斯派赛的诗歌公共教育体系述评》《论杰克·斯派赛"序列诗"》的论文。我想，实际上，我并非仅仅在论证斯派赛之于美国诗歌后现代转型的贡献，而是同时在讲述斯派赛与布劳提根之间隐秘的联系，即斯派赛给予布劳提根的那条贯穿其写作生涯的脐带。

二

有两个杰克·斯派赛。

第一个杰克·斯派赛，认为自己出生于1946年。这一年，在加州大学伯克利分校，他结识了两位对他影响至深的青年诗人：出生于加利福尼亚州奥克兰的罗伯特·邓肯（Robert Duncan，1919—1988）和出生于科罗拉多州丹佛的罗宾·布拉泽（Robin Blaser，1925—2009）。

斯派赛第一次去敲布拉泽的门，后者开门，上下打量，看到的是一位穿着风衣，戴着墨镜，趿着凉鞋，脚趾被治脚气的药水染成紫色的人。布拉泽无法想象这是自己将要见的诗人，他将门"砰"的一声关上了。斯派赛身高一米八有余，有一头细而稀疏的金红色头发，还有一张软塌塌的脸。长期缺钙使他弯腰驼背，长长的手臂接近痉挛，总是悬垂于类似于猿猴特有的姿势中。后来，他常在诗中以"猿"自况：

> 他毛茸茸的拳头
> 像闪电一样锁定在他们的头顶。
> 他的双腿不满地抽动着，
> 仿佛那是闪电的严格化身。

在二战后充满政治色彩的伯克利校园里，斯派赛面临诸多政治派别的选择：斯大林主义者、托洛茨基主义者、无政府主义者、和平主义者等等。在这些相互"交战"的群体中，他被以诗人肯尼斯·雷克斯罗斯（Kenneth Rexroth, 1905—1982）为领袖的无政府主义团体"自由主义者圈子"所吸引。

该圈子每周三晚上会在伯克利对面的施泰纳街举行会议，讨论无政府主义理论与历史，试图在经历了前半个世纪的失败后，重新定义和振兴无政府主义运动。就这样借助政治辩论，藏身其中的作家和诗人相遇，并开始建立写作上的联系。中文名为"王红公"的肯尼斯·雷克斯罗斯，时年四十岁，已是全国性的知名诗人。作为社会活动家，他同样名声显赫。他是二战期间著名的拒绝服兵役的"良心反对者"，并曾帮助日裔美国人逃离西海岸的拘留营。此外，雷克斯罗斯还在自己满是书籍的公寓里定期举办"星期五沙龙"，为"自由主义者圈子"制定长长的阅读清单。

一天晚上，从肯尼斯·雷克斯罗斯家出来，在旧金山的F线电车上，罗伯特·邓肯向刚在聚会中只远远见过的斯派赛，点了点头。两个年轻人开始交谈，起初很安静，然后变得越来越兴奋。

很快，两人的圈子混成了三个人。他们写诗，喝酒，谈诗，扯淡，胆大包天地将这个始终只有三个人小团伙自称为"伯克利文艺复兴"。那个时代，受过教育的人无不知"文艺复兴"这个词的分量。但丁和彼特拉克，确实是他们写作的基础，而他们受到的影响远不止如此，至少还包括后来他们写作上的敌人：T.S.艾略特、埃兹拉·庞德、W.C.威廉斯，以及肯尼斯·雷克斯罗斯。斯派赛等人刷新诗坛的雄心，就隐匿在这样的玩笑里。而这样的雄心，又为日后来自于华盛顿州塔科马的穷小子理查德·布劳提根捶打美国文学大门，埋下了伏笔。

这年上半年，伯克利英文系决定开设非正式创意写作课程"伯克利作家会议"（1946—1948），每月邀请一位当地的小说家或诗人来进行写作、发表经验交流。尽管该系指派了一名指导教师，但领导权完全被"伯克利文艺复兴"的三位学生①夺取。该课程还包括三人分别主持的讲授部分，以及官方资助、由学生作品组成的文学杂志《伯克利杂录》。因此，"伯克利作家会议"实质上是由学生主导的，以讲座、课程、刊物三者为一体的诗歌写作实训课程体系。

斯派赛暗地里安排艺术史专业的学生玛丽·莫尔哈特，以校园诗人的伪装身份，参与到自己主持的诗歌小组中，而实际上提交并朗诵的却是斯派赛本人的诗作。通过这种精心设计的骗局，斯派赛旨在给予学生一种直接且生动的启发与引导。这一举动充分展现了他初为人师时便拥有的、超越其年龄与经验的才华和自信。这种自信无疑根植于他接受的卓越的诗歌教育，以及他与二战后由雷克斯罗斯引领的旧金山

---

① 斯派赛于1945—1950年就读于伯克利分校，1947年获得学士学位，1950年获得硕士学位。同时，他还于1947—1950年和1952—1953年在该校担任助教。罗伯特·邓肯于1936—1938年就读于伯克利分校，后短暂进入黑山学院就读，1945年回到旧金山，1948—1950年再度就读于伯克利分校。罗宾·布拉泽于1944—1955年就读于伯克利分校，1949—1955年为研究生，1952年开始担任助教。"伯克利作家会议"举办期间（1946—1948），斯派赛的身份经历了从本科生到研究生兼助教的转变，邓肯的身份经历了校友到学生的转变，而布拉泽的身份经历了从本科生到研究生的转变。

诗歌公共教育传统的深刻联结之中。

在伯克利，斯派赛遇到了一位好老师。约瑟芬·迈尔斯（Josephine Miles, 1911—1985）是一位残疾女性。她幼时患上了严重的退行性关节炎，四肢变形，不能拿杯子，不能走路，不能操作轮椅，不能使用打字机。但她成为了诗人、文学评论家，1936年获"雪莱纪念诗歌奖"，是人文学科定量和计算方法研究的先驱，也是第一位获得伯克利大学英文系终身教职的女性。迈尔斯教斯派赛写诗，还帮他在校外找工作，以及付钱请他帮她做19世纪美国伟大诗人用语的词频统计，以补充他做业余私人侦探获得的微薄收入。一年后，斯派赛将自己所有的诗整理、打印，取名为《诗集1945—1946》，郑重其事地送给她，"我的第一位诗歌老师"。迈尔斯在写作和私人领域对斯派赛的帮助都很大，以至于斯派赛当时的写作，被同时代人讥讽为"迈尔斯敏锐诗行的一个'灾难性'的版本"。

带给斯派赛自信与热情的，还有另一位，该校历史学教授恩内斯特·康托洛维茨（Ernst Kantorowicz, 1895—1963）。在希特勒统治之前，康托洛维茨曾是德国著名文学团体"乔治-克雷斯"的成员。这是一个以象征主义诗人斯特凡·乔治（Stefan George, 1868—1933）为核心和导师，在较长的师生互动中渐渐成形的文学团体。约在1902年，斯特凡·乔治于慕尼黑，遇到了时年十四岁的少年诗人马克西米利安·克伦伯格。两年后，少年死于脑膜炎。与马克西米利安的交往，为斯特凡·乔治后来的作品带来了众多灵感，后者在作品中将其理想化，甚至在他死后奉其为神。通过斯特凡·乔治的教导，对少年天才马克西米利安的崇拜，成为了乔治-克雷斯文学实践中不可或缺的一部分。1919年，斯特凡·乔治与年轻的历史学家恩内斯特·康托洛维茨成为朋友，并指导他撰写普鲁士国王腓特烈二世的传记。在伯克利任教期间，康托洛维茨关于王权、登基和王位继承的理论，以及中世纪对君权神授的信仰，对于内心自认为是诗歌王权继承者的三位年轻诗人来说，无疑具有极大的煽动性和启发性。面对想象中诗歌王国的未来图景，他们惴惴不安。特别是对于自认为外表丑陋的斯派赛来说，"乔治-克雷斯"文学社群模式很可能加重了其对诗艺及传承关系的追求，以作为其世俗世界，特别是情感世界受挫心理的代偿。

在迈尔斯、康托洛维茨的教导之下，并身处以1944年创刊的《圆》为代表的旧金山诗歌小杂志试图打破东部话语霸权，倡导不同现代主义地理坐标之间的相互联系，以及它们之间应保持非等级关系的氛围中，斯派赛自然在历史坐标中为自己，也为密友，设定了非凡的人生射线。

其中，罗宾·布拉泽在斯派赛的文学生涯中，扮演了协调者、诠释者的角色。他总能适时地为斯派赛解围、解困，斯派赛生命落幕之后，他又成为了其文学遗产的忠实执行人与传承者。至于罗伯特·邓肯，其存在对于斯派赛的文学世界而言，则有着更为不可替代的影响。比斯派赛大七岁的邓肯，曾先后有就读于伯克利和黑山学院的经历，1940—1941年，他在东海岸编辑《实验评论》，又结识了亨利·米勒、亚瑟·米勒和安娜伊斯·宁等重要的文学人物。特别值得一提的是，邓肯是美国最早公开承认自己性取向的文学人物之一，其文章《社会中的同性恋》于1944年8月发表在颇具影响力的杂志《政治》上。诗人伦纳德·沃尔夫称邓肯是"有史以来最'出格'的人"。于斯派赛而言，邓肯身上混合着学长、诗坛前辈、殉道者、另类等多重身份，使他们亲如兄弟，又时有争执，屡生间隙。1963年两人最后一次决裂，旋又被1964创刊的《开放空间》杂志黏合在了一起。

"伯克利作家会议"举办期间，邓肯坚持认为官方背景正在削弱"文艺复兴"的力量，因此在一家名为"斯洛克莫顿庄园"的破旧寄宿公寓里，创办了一个完全不属于任何体制的习诗小组。在长而暗的餐厅里，陈列了几块黑板，邓肯带领参与者们阅读并评论庞德、T.S.艾略特、格特鲁德·斯坦因、普鲁斯特、托马斯·曼和纪德的作品。渐渐地，这里成为雷克斯罗斯客厅那样的聚会场所。受邀而来的波多黎各学者罗萨里奥·希门尼斯对洛尔迦的解读，影响了未来斯派赛《仿洛尔迦》的创作；伯克利教授汤姆·帕金森对叶芝的神秘主义体系的介绍，催生了斯派赛的"诗如魔法""诗即听写"等观念。此外，哈特·克兰、劳拉·里丁、D.H.劳伦斯、阿波利奈尔、华莱士·史蒂文斯、罗伯特·德斯诺斯、W.C.威廉斯和保罗·瓦莱里都是他们的研讨对象。此后，在邓肯的协调下，还举行了每周一次的"现代大师"系列讨论。他们将伊迪丝·西特韦尔、格特鲁德·斯坦因、《芬尼根的守灵》时期的詹姆斯·乔伊斯、H.D.(Hilda Doolittle)以及埃兹拉·庞德等人列入名单之中，而这些人彼时几乎都不是大学学术课程的中心人物。

因此，斯派赛将遇到邓肯、布拉泽并迅速成为好友的

1946年，视作为他的出生年份。这也成为了邓肯、布拉泽对其意义的最佳评论。

另一个杰克·斯派赛，1925年1月30日，出生于加州洛杉矶，本名约翰·莱斯特·斯派赛（John Lester Spicer），是约翰·洛芙利·斯派赛（John Lovely Spicer，1883—1951）与多萝西·克劳斯（Dorothy Clause，1894—1974）的长子。父亲在酒店和公寓管理部门工作。他幼年丧父，袭击继父后离家出走，漂泊于不同的工作之间，并参加世界国际工人组织（IWW），在西北太平洋地区组织工人运动，可谓半生动荡。母亲协助丈夫工作。她比丈夫小十二岁，婚前曾在学校任教数年。根据斯派赛鲜为人知的家族历史记述，父亲长久以来投身于激进的政治浪潮，直到被母亲追求中产阶级体面的资产阶级欲望"驯服"。父亲带动他关注国内和国际新闻，培养了他对公民权利的兴趣，但斯派赛将父亲视为一个失败者，一个任潜力被美国人驱使而不断削弱的人。

斯派赛之所以意外地将父亲也排除在"美国人"之外，是因为他内心并不认同"美国"。"太平洋国家"（Pacific Nation）是斯派赛倡导的一个重要概念。他希望建立一个从特哈查皮山脉沿海岸一直到加拿大北部，甚至包括阿拉斯加，但不包括洛杉矶的太平洋联邦。为此，斯派赛有意将因倡导非人道主义和撰写加州中部海岸的作品而闻名的诗人罗宾逊·杰弗斯（Robinson Jeffers，1887—1962），塑造为他想象的这个太平洋国家的文学代表。他强调杰弗斯是"一个真正的加州诗人"，有着与太平洋海岸理想的交互关系，即将其"作为一个遥远的大陆沿岸国家"和具有审美力的"一片危险的海岸"。斯派赛的美国观念在布劳提根的写作中留下了浓重的投影,后者更为频繁、更为显著地调用"美国"这一意象,使其脱离了地理坐标、政治实体的本然属性,而成为一个现实与幻境的交汇之所、乌托邦与反乌托邦的互搏空间。在《在美国钓鳟鱼》的开头,布劳提根以辛辣又恬静的语调,对当时美国社会中普遍弥漫的乐观主义情绪进行了讽刺:

> 大约五点的时候,在我的《在美国钓鳟鱼》的封面里,饥饿的人们走出公园,向街对面的教堂涌去……是卡夫卡吧,他通过读本杰明·富兰克林的自传来了解美国。卡夫卡曾说:"我喜欢美国人,因为他们健康、乐观。"

1928年,斯派赛的弟弟霍尔特·斯派赛(Holt Spicer,1928—2019)出生,他后来成为全国辩论锦标赛冠军。在弟弟出生前,斯派赛被送到明尼苏达州与祖母一起生活了一段时间。这段与父母的分离,让斯派赛一生都在应对抛弃感。后来,他又对弟弟垄断母亲的注意力,怀有深深的仇恨。在伯克利,斯派赛不允许朋友们追问他的过去,以至于其后半生遇到的朋友中很少人知道他的成长经历,甚至许多人以为他是孤儿。只有一次,他的一位同学的母亲通过共同的朋友认识了多萝西·克劳斯,才惊讶地发现这个住在好莱坞的优雅女人,竟是以丑陋和邋遢著称的杰克·斯派赛的母亲。斯派赛也明确表达他不喜欢任何关于"家"的话题,只喜欢关于"加利福尼亚"的话题。在这一点上,布劳提根似乎是斯派赛的孪生兄弟。布劳提根同样终身都在应对抛弃感,应对父亲的失位，应对母亲的男友们或丈夫们如过江之鲤，同样对童年讳莫如深。布劳提根的死讯通过同母异父的弟弟传递到母亲那里时，母子已超过二十八年没有联系了。而那个日后将被称为"理查德·布劳提根的父亲"的人，伯纳德·布劳提根（1908—1994），甚至对自己还有个儿子毫不知情。

与布劳提根贫穷而悲凉的童年相反，斯派赛至少在物质上是富足的。1929—1933年在美国大萧条时期，斯派赛一家都住在贝弗利和韦斯特的中产阶级社区，持续租用独户住宅，并拥有一辆汽车，那是20世纪30年代富裕程度的象征。母亲每晚都会为两个儿子大声朗读查尔斯·兰姆和玛丽·兰姆的莎士比亚戏剧故事、纳撒尼尔·霍桑的坦格伍德故事，以及所有"奥兹国"系列丛书。1939—1943年就读于洛杉矶费尔法克斯高中期间，他开始在学校文学杂志《群体之声》上发表诗歌。约在1941年，十六岁的斯派赛与小说家兼评论家奥尔道斯·赫胥黎通信，并受邀到后者家中共进晚餐。

三

1951年父亲去世后，斯派赛每年都要回到洛杉矶，去陪母亲过圣诞节。画家、诗人约翰·艾伦·瑞恩（John Allen Ryan，1928—1994）的父母住在附近的南帕萨迪纳，所以每年他们都同行。有一次，他们在火车上喝只能在火车上才能喝到的红帽啤酒，并一直用他们在1955年4月发明的一种私人语言交谈，就像孩子们过家家时所做的那样。他们称之为"火星语"。瑞恩自称北火星人，斯派赛自称南火星人。斯派赛要去洗手间时，另一张桌子的一个陌生人走过来，问瑞恩："你们是澳大利亚人吗？"斯派赛瞧见了，随即返回，向那个人打招呼："Sit ka vassisi von ka, sta'chi que v'ay qay。"瑞恩知道这是用南火星语说了一句"你好"。陌生人被他们弄蒙了。但搞明白了怎么回事后，他给两人都买了一杯饮料。两人对他说："Eiss! Sa schlein! Ja da lond, nar la loff。"这是用北火星语说"谢谢"。

这种儿童游戏的经历，却催生了一种看似荒诞不经的诗歌理论。1957年斯派赛在诗集《仿洛尔迦》出版前后，提出"诗即听写"理论。斯派赛将自己置于浪漫主义和象征主义诗学的对立面，否认诗人是"美丽的机器""情感的永动机"，提出诗的最佳状态是一种"不知道"。他坚持认为，不是诗人推动了诗歌，而是诗歌推动了诗人，诗人不是文字的主人，而是被文字所控制，文字神秘地背叛了那些使用文字的人。他进而颠倒诗人的传统角色，认为诗人是语言的听写者、接受者，只是复制或翻译这些信息，而不是自我表达的主体。而且，其口述来源既非充满灵感、秩序井然的天堂或万能的上帝，也非缪斯，而是从收音机、火星人、鬼魂等多种源头那里获得了诗歌。由此，斯派赛呼吁诗人必须主动自我干预，即必须尽可能地清空自己，以便具有更强的听写能力。该理论将自我从诗歌的关注点中移除，本质上是以神秘主义强调了时间的混合式发明和对惯常诗意空间的偏离，前者落实于戏仿手法下强烈的时间冲突，而后者则落实于激烈批评作为金斯堡语言来源之一的超现实主义构建的语言幻象，并用简单的语言将修辞尽可能地排除。此外，该理论所展示的清空自我,与神秘力量建立沟通并让其说话的听写练习,将青年诗人与前辈诗人同置于寄主的位置,暗示他们之间的差别来源于其背后鬼魂的较量,从而起到意义消解、权威祛魅的作用,成为美国20世纪六七十年代反文化运动的先导。

斯派赛要对谁祛魅?是作为后现代诗人们超越对象的现代派诗人吗?比如艾略特、庞德、史蒂文斯、W.C.威廉斯等。这些强力诗人当然在这个范围内。但他并没有表现出强烈的"弑父"意图,即便斯派赛是如此渴望夺得诗歌的王位。相反,当1957年2月21日黑山派之父奥尔森(Charles Olson)到访旧金山并举行朗诵会时,斯派赛就以一种"屈从"的姿势,坐在奥尔森腿边的地上。奥尔森曾担任较为重要的联邦政府职位和名噪一时的黑山学院院长,更与罗伯特·克里利(Robert Creeley, 1926—2005)一起发展了投射诗和原野写作等一系列理论,使其笼罩着权威和知识的光环。而斯派赛从奥尔森与二战后被关押在圣伊丽莎白医院的庞德建立的友谊中,看到了一种诗歌血统的直接传递,即康托洛维茨所说的那种王权转移。朗诵会中斯派赛出乎意料的姿态,被他的朋友们认为展现了对这种王权的服从。即便后来奥尔森写作了《反对智慧本身》一文指责斯派赛通过不正确的技巧(指魔法)在旧金山"制造一些事情",斯派赛也只是以《查尔斯·奥尔森的后记》一诗中的自我确认、自我激励进行回应:

> 如果什么都没发生,就有可能
> 让事情发生

人类历史证明了这一点

以及一只猿

（现在）很可能是天使

斯派赛坚信那只丑陋的"猿"，未来将是写作上的"天使"。事实上，从1955年开始到他生命的终点，斯派赛都在与艾伦·金斯堡（1926—1997）这个同辈诗人及其身后的垮掉派较劲——斯派赛是真正在与垮掉派战斗的人。或许也可以说，斯派赛有两次"再生"，一次是1946年他遇到了邓肯、布拉泽，一次是1955年金斯堡在旧金山出现。只不过，前者是正面的，后者是反面的。

斯派赛与金斯堡的故事，要从1953年说起。

1953年秋，斯派赛被聘为加州艺术学院人文系主任。在此之前，他与艺术家的联系、互动由来已久。《伯克利杂录》同人名录反映的斯派赛学生时代的诗人好友中，玛丽·法比利同时拥有艺术家身份，而杰拉尔德·阿克曼（Gerald Ackerma，1928—2016）则以他长期的艺术观察帮助他日后成为美国艺术史的权威。任教加州艺术学院期间，斯派赛与学生交情甚笃。1954年万圣节，斯派赛与沃利·赫德里克（Wally Hedrick，1928—2003）、海沃德·金（Hayward King，1928—1990）、黛博拉·雷明顿（Deborah Remington，1930—2010）、约翰·艾伦·瑞恩、戴维·辛普森（David Simpson，1928—　）等五位视觉艺术家学生一起，合伙开设了"六画廊"。该画廊开设于邓肯等人无力为继的"乌布王"画廊旧址上，仿若一种接力与维新。斯派赛将自己的诗歌挂在开幕式画作旁出售，卖得很少。在与艺术、诗歌联系在一起之前，这里是一家汽车修理店。

意外发生了。几个月后，1955年情人节，斯派赛收到加州美术学院的解雇通知，其最后工作日是6月30日。斯派赛试图再次回到伯克利，未果，因此变得惶惶不可终日。7月，他不得不离开旧金山，前往纽约找工作。学生们凑钱给他买了一套西装。在纽约，他认识了弗兰克·奥哈拉（Frank O Hara，1926—1966）、约翰·阿什贝利（John Ashberry，1927—2017）等纽约派诗人。后来他转至波士顿，又认识了波士顿诗歌圈的约翰·维纳斯（John Wieners，1934—2002）和史蒂夫·乔纳斯（Steve Jonas，1921—1970）等人。斯派赛天然地不喜欢与他们同时代的东海岸诗人。在他心目中，那是另一个国度，完全处于他的"太平洋国家"的反面。奥哈拉也没有给他好脸色，他写于该年7月13日的《在老地方》一诗提及斯派赛"刻薄"，又在给友人的信中写道："（斯派赛）总是令我失望，但其他人认为他很重要。"事实上，他们是截然不同的人：奥哈拉只爱纽约，斯派赛只爱旧金山，奥哈拉说话像鼓励，斯派赛说话像责骂，奥哈拉在纽约艺术界炙手可热，斯派赛是丧家犬。事实上，他们又是相同的人：他们都是同性恋，他们都试图掌控他们朋友的生活，他们都英年早逝，都死于四十岁。

10月7日周五晚，在旧金山菲尔莫尔街3119号，六画廊，沃利·赫德里克倡议、艾伦·金斯堡组织的朗诵会上，人头攒动。金斯堡朗读了《嚎叫》，杰克·凯鲁亚克喝得醉醺醺的，在其他诗人表演时，大喊"吔！加油！加油！"，尼尔·卡萨迪向大家分发酒壶和募捐盘。麦克卢尔（Michael McClure，1932—2020）在回忆金斯堡的朗诵时写道："金斯堡读到这首诗的结尾，让我们惊叹不已或欢呼雀跃，但从最深的层次上，我知道一道屏障已被打破，一个人的声音和身体已被扔向美国这堵严酷的墙上……"这一切本来可以与斯派赛无关，即便这场朗诵会引爆了未来的垮掉派运动，预示着后现代主义文学的开端。这一切本来可以与斯派赛无关，即便这里，六画廊，是斯派赛自己的地盘。他是合伙人、主人，是美国西海岸与罗伯特·邓肯齐名的"旧金山文艺复兴"青年领袖。但很快，这一切就与斯派赛变得脱不了干系。约翰·瑞恩（John Ryan，1928—1994）带来一封斯派赛关于寻求工作与路费的求助信，在该朗诵会上，被第一次参加公开朗诵的麦克卢尔大声朗读了出来。"城市之光"书店的老板劳伦斯·费林盖蒂（Lawrence Ferlinghetti，1919—2021）也出席了此次活动。他第二天就给金斯堡发去了电报，表示很愿意出版他的作品。1956年诗集《嚎叫及其他》出版，1957年作为淫秽作品被审判，均引起了全国性的关注。而斯派赛通过正在黑山学院执教的邓肯，向黑山派核心人物罗伯特·克里利申请一份在该学院的工作，没有得到回复。原因之一据说是校长查尔斯·奥尔森恐同。上升与下坠，极大刺激了寄身纽约的斯派赛。这一夜，成为不在场的他，对鸠占鹊巢的金斯堡等人心生芥蒂的开始，也是一场战争的开始。

1956年秋，斯派赛开始创作其名作《仿洛尔迦》。他将其中的伪译作《胡安·拉蒙·希梅内斯》，送给同为六画廊合伙人的约翰·瑞恩。这首还曾出现在"诗如魔法"工作坊

（1957）问卷里的诗，或许可以作为他那个时期心境的注脚：

> 没有眼睛和拇指
> 他忍受着一个不动的梦
> 但骨头在颤抖。
>
> 在白而无尽中
> 他的想象力留下的
> 伤口多么清晰、阔大。
>
> 雪、海藻和盐。此刻
> 在白而无尽中。

四

1956年11月，斯派赛乘飞机返回旧金山湾区。行前，他给朋友写信说：

> 开始为我祈祷吧。启动任何还在为我工作的魔法。帮我通知弹球机。在每个厕所的墙上写：火星人要回家了。

此时，距他离世，尚还有九年之遥。还有不短的一段时间，他还可以借助魔法，做几件不大不小的事，留下几本注定要被延迟认识，恐怕也不要紧的书，然后他将带着一身酒气，颓倒在电梯间里。

五

1957年春季，斯派赛在邓肯的帮助下，于旧金山公共图书馆开设了"诗如魔法"工作坊。该工作坊的命名，极可能经由康托洛维茨的王权转移理论，而受到詹姆斯·弗雷泽《金枝》的影响。《金枝》认为魔法，即人类试图控制自然现象，可以成为王权制度演变的一个关键因素："这门艺术（魔法）的实践者必定是重要人物……他们中的一些人应该获得比轻信的同伴更高的权威地位。"因此，该命名既表露了斯派赛对诗歌技艺的苦苦思索，也反映了他的权力焦虑。对斯派赛来说，他需要行动。面对垮掉派的"入侵"，面对一夜之间，旧金山文艺复兴派的诗人们就沦为了垮掉派的西部分支，他急于重振旗鼓，收复失地。对斯派赛来说，他需要的，一定不能是个人行动。工作坊的招募公告说：

> 这不是一门技术课程或"如何写作"。这将是新魔法诗歌学派实践的集体探索。

这显然表明该工作坊不仅是一个诗歌课堂，同时也是在垮掉派的收编与遮蔽之下，旧金山文艺复兴派的社群重建形式。而这份包含了政治、宗教、历史、诗歌、个人信息和诗歌练习等六个方面，被斯派赛自称为"看起来很奇怪或毫无意义"的十八个问题的问卷，与其说是对学员素养的问询，不如说是对"魔法"来源的提示：诗歌写作是后天习得的知识与天赋、训练相互交织的结果。对斯派赛来说，魔法"是一个入口，是激情，而不是咒语"。他在问卷结尾要求应征者提交"创造一个梦，你以诗人的身份出现在其中"的训练，则预示着诗人不仅是魔法的创造者，而且自身就是魔法的对象，而该工作坊的目的就是让这个虚构的梦境具象化。

该工作坊的基本教学模式为：布置一个出人意料的写诗任务，激发群体做出挑战性回应，下堂课再大声朗读与讨论。这些任务包括"作一首个人的创世之诗""作一首诗人变成食肉野兽的诗""作一首关于魔法祭祀的诗""唤起魔法灵魂""关于家庭生活的恐惧"等等。这些耸动的主题挑战了学员们之前的内容关注方向，使他们的写作集中转向对新的价值与意义体系的构建。但这就是所谓的"魔法"吗？斯派赛1957年在给布拉泽的信里写道：

> 诗歌之间应该相互呼应。它们应该引起共鸣。它们和我们一样不能独自生活。……事物相互关联。我们知道——这是魔法的原理。无关的两个事物可以结合成一个结果。诗歌也是如此。一首诗永远不能单凭它本身来评判。一首诗从来都不是孤立的。

由此可见，斯派赛将发现（甚至发明）与呈现看起来无关的事物之间的关联，当作诗歌写作的魔法，这是其技巧的主要内容。而在具体做法上，斯派赛至少借助了以下几种行为：

其一，将魔法的获取过程仪式化。"诗如魔法"工作坊固定于每周二晚上7—10点举行，众人围坐在一张圆形木桌周围，斯派赛总是坐东朝西。活动的时间、方式、主持人的位置都是固定的，教学模式极具祭祀仪式的神秘感，从而将定位为魔法师的主持人，实际上推至了祭司或通灵者的位置，突出了其权威地位。

其二，暗示魔法的实质不仅是技巧的获取，更是对全新诗歌历史的创造与参与。该工作坊的核心成员多数是加州本土居民，斯派赛向他们强调加州与东部地区的区别，暗示了他的"太平洋沿岸国家"的愿景，从而企望与占据这座城市的东部诗歌势力区分开来。该工作坊事实上成为了为加州这个其愿景中的所谓"大陆沿岸国家"，创造出异于欧洲也异于东海岸的新文学的基地。其中，该工作坊对威廉斯式现代主义原始主义的承继，成为了该工作坊的学生布劳提根创造后现代主义的原始主义的源头。

其三，事实上，除了宗教式仪式，学生还曾被斯派赛将魔法因素融入日常生活的神秘能力所吸引。斯派赛制造的钱包里清空后又生出钱的神秘区域，引导布劳提根等人关注那些他人已投注过长久目光的所在，并试图从中重新发明诗意。这种"无中生有"的技艺，显然构成了前述"由此及彼"技艺的重要补充。布劳提根的妻子金妮就曾一针见血地指出，这并非"魔法"，更多指的是斯派赛对诗歌的眼光。斯派赛曾对罗宾·布莱泽说："不存在一个可以让人习得魔法的好源头；魔法是在我们这群人之中发生的东西。"斯派赛的言下之意，是说生活与我们自己就是语言魔法的创造者。这种类似于禅宗见性成佛的思想，无疑鼓舞了布劳提根等人从自身的日常生活细节中去发现和创造诗意。这无疑也说明斯派赛是当时正在形成的代际转变——从将历史与传统作为主要诗歌资源，转变为给予个人生活中正在进行的经历以突出地位——的积极参与者。

工作坊结束后，这些人每周日下午再度聚在了学员乔·邓恩的公寓里，该活动被称为"周日聚会"。活动前期由邓肯和斯派赛主导，后期只剩下斯派赛。聚会以朗读开始，然后主持人引导有序而多元的批评。周日聚会吸引了越来越多的年轻诗人参加，气氛热烈，被认为是"下层诗人和上层诗人之间出人意料的结盟"。乔治·斯坦利（George Stanley, 1937— ）回忆说，青年诗人们认为从邓肯那里可以得到比斯派赛更公平的批评，因为"邓肯更愿意承认那里有什么可能性，而斯派赛更愿意承认那里没有什么可能性"。著名女诗人乔安妮·基格来不及参加"诗如魔法"工作坊，但积极参加"周日聚会"，并认为邓肯和斯派赛是她"非正式但真正的老师"，"周日聚会"是她的"第一所诗意学校"。在这群人中间，我们继续能看到旧金山州立大学学生罗恩·路易文森（Ron Loewinsohn, 1937—2014）与好友布劳提根，后来他们一起创办了倡导"丰富和速度"的《改变》杂志。

六

斯派赛鼓励年轻诗人参加尽可能多的诗歌朗诵会。

工作坊期间，斯派赛带领学生参加了洛厄尔和奥尔森两位著名诗人的朗诵会。1957年2月21日，斯派赛带着众多学生参加了奥尔森的诗歌朗诵会。在交流过程中，斯派赛明显带着引起奥尔森关注的意图，因此他又玩起了塔罗牌，试图用游戏的魔法去展示与说明另一种魔法：诗歌的魔法。然而，他不知道的是，奥尔森几年前就彻底放弃了塔罗牌，因为塔罗牌曾留给奥尔森痛苦的记忆：塔罗牌曾预言了他母亲的死亡日期。因此，奥尔森对斯派赛的举动，给予了激烈而直接的回应。他冲斯派赛咆哮道："你的诗是胡扯，就像你的仪式，就像你的牌。"对于斯派赛来说，这是一次在"自己的学生"面前，被"自己的老师"所羞辱的重大事件。或许奥尔森在言辞激烈之中未曾预料到，他所谓的指责——斯派赛运用不当手段（暗指魔法）在旧金山"搞事情"——实际上却是对一群深受"魔法工作坊"启发、具有强烈本地意识的青年诗人不懈努力的否定。面对东部垮掉派入侵和1957年黑山学院关闭后黑山派的涌入，这些年轻人反而被这种现场感受到的屈辱感所激发，从而更加团结地凝聚在了斯派赛周围。1957年3月27日，举办的洛厄尔朗诵会的显要效果是，洛厄尔点评了"诗如魔法"工作坊众多学员的诗，其中对海伦·亚当（Helen Adam，1909—1993）欣赏有加，答应帮她找东海岸的出版商去发表，这无疑拨动了众人的心弦。

可能迟至1957年春，斯派赛开始积极组织在旧金山"老地方"酒吧举行的"长舌者之夜"朗诵会，每周一次。这是一家波西米亚风格的酒吧，由两位黑山学院毕业生克努特·斯泰尔斯（Knute Stiles）和利奥·克里科里安（Leo Krikorian）经营。当1957年杰克·克鲁亚克的《在路上》出版了之后，人们开始从全国各地，甚至从国外搭便车前往旧金山，第一站便是"老地方"酒吧。这里早已聚集了很多著名诗人，布劳提根来这里时才十九岁，克鲁亚克一直在这里游荡，金斯堡在六画廊朗诵《嚎叫》前也曾来这里测试。但更多的是那些带着行李进来，通常恳求让他们将行李寄放几天的游客。因此，该活动虽然由酒保杰克·兰登从芝加哥波西米亚酒吧引进，却给了斯派赛一个好机会：以完全异于垮掉派的面目，"骚扰"那些涌向北滩寻找垮掉派的人群，并继续加强旧金山的本土意识。

这个酒吧很小，很暗，光线从来都不足以让人确定这里到底脏不脏。参与者几乎都是本地诗人。这个朗诵会通常会确定一个官方主题，在不计时的三分钟里，诗人登上酒吧小阁楼，站在一个写着"肥皂"字样的木盒子上，被鼓励说着不为人知的语言，或者就喋喋不休，有时可以按自己的兴趣确定主题或朗读自己事先准备好的诗作。这些主题包括"如果圣女贞德流产了，今天的世界会是什么样子""百吉饼作为避孕工具的优越性""为什么苹果派对我来说意味着美国"等。对参与者唯一的要求，是真诚地希望他们尝试着变得出格。在场者根据他们发出声音的持续时间和创造性来评判他们，评判方式包括起哄、提问、辩论，而奖品是一杯免费香槟。如果你很糟糕，调酒师会吹小号，或者人群会大喊"脱掉你的衣服"，就像他们在狂欢节期间做的那样。斯派赛作为导演的存在非常明显，他将参赛者组织起来并排成一列发言。选手朗诵时，斯派赛一般歪着头听，抛出鼓励的话，或者与其他人一起大声发出嘘声，最后还往往作为颁奖者出现。他将一大瓶香槟赠送给胜利者。他言语简短，略显羞涩，几乎为自己不习惯的喜悦表情感到尴尬。

"长舌者之夜"凸显了著名女诗人乔安妮·凯格尔说的，"（斯派赛）鼓励我们做出离谱的行为。他是一个助手和教唆者"。斯派赛等人狂野、疯狂的风格，成功地让垮掉派诗人们怀疑他们的严肃性。那么，"长舌者之夜"朗诵会在垮掉派之外，重新定义了这群诗人与这座城市吗？

其一，"长舌者之夜"朗诵会确定了斯派赛对"重获声音"诗学观念的信仰，正如他在演讲稿《诗人与诗歌》（1949）中所述：

> 纯诗使人厌烦。甚至诗人也觉得无聊。新批评派唯一真正的贡献是他们很好地证明了这一点。他们已将诗歌带离了它主要的吸引力之源——人的声音，并且完成了将其与人、场所和时间的任何剩余联系进行剥离的工作。剩余的是那些在他们的论文中骄傲地展示出来的东西——赤裸、纯粹之诗歌的沉闷式恐怖。

斯派赛则在批评纯诗的故步自封之外，将矛头首先指向了美国当代所有诗歌面临的传播困境。他质疑道："如果缺乏可理解性会使一部作品不受大众欢迎，那么为什么总有一首歌词毫无意义的歌曲在热歌榜上名列前茅呢？"他举例说，一些批评现代乡村音乐晦涩难懂的人，竟然对英国女诗人伊迪丝·西特韦尔和美国女诗人格特鲁德·斯泰因表示了赞赏，这是因为西特韦尔的诗集《立面》和斯泰因的剧本《三幕四圣》以留声机唱片的形式传播，使这两部很难理解的作品完全为广大观众所接受。进而，斯派赛提出了他的解决方案：

> 三十年前，瓦切尔·林赛认识到，如果诗歌要重新获得自己的声音，就必须把自己与歌舞杂耍表演联系起来。（莎士比亚、韦伯斯特和马洛在他之前三个世纪就发现了这一点）我们今天要做的就是建立这种联系，重获我们的声音。我们必须成为歌手，成为艺人。我们不能再固守所谓的文化。

也就是说，受歌舞杂耍表演之启发，斯派赛力图以流行文化诱导学生写作与思考。

其二，"长舌者之夜"通过达达主义的极具解构性主题的引导，进一步落实"诗即听写"理论对惯常诗意时空的偏离，突显了对传统主流文化的反叛。同时，这种即兴式口语形式，是对诗歌当代的呈现方式从书面语扩展至表演式口语形式的深化，偏向了可感性和民主化。

其三，"长舌者之夜"强化了学员们的竞争意识。竞争不限于充满敌意的旧金山两大后现代主义诗群之间，斯派赛借助垮掉派兴起后旧金山日益成为美国的诗歌中心这一环境，将学员们的视野、雄心推向整个美国诗坛。亲历者、小说家迈克尔·鲁梅克认为，对于获得香槟的优胜者来说，"这是一个不小的成就，因为人群中有喧闹的愤世嫉俗者和批评家，他们大多是作家、音乐家和画家，他们并不羞于发出嘘声和倒彩，这让我一直是一个坚定的观众。"羞涩、寡言的布劳提根竟然在首次参加该活动前，请演员泽基尔·马尔科在演讲、表达和戏剧性地使用个人习惯方面进行了指导。这是学员们试图借此突出重围，进而"捶开美国文学大门"之努力的缩影。

七

杰克·斯派赛与垮掉派的直球对决，发生在1959年。

该年5月，艾伦·金斯堡的信徒鲍勃·考夫曼（Bob Kaufman，1925—1986）、约翰·凯利、威廉·马戈利斯在旧金山创办了小杂志《至福》。创刊号声称它"旨在颂扬美和促进幸福或诗意生活"。约翰·凯利在《至福》第二期的编辑前言说，"对我们杂志的巨大反响和涌入我们办公室的大量诗歌，让我们意识到北滩每平方英尺的诗人数量可能比世界上任何地方都多，看起来旧金山事实上已经成为了人类的诗歌中心"。9月，杰克·斯派赛创办了小杂志《J》作为回应。《J》日后被认为是美国20世纪"油印革命"的"第一本期刊"和"最佳代表"。

该杂志采用单字母命名方式。斯派赛声称名称来自自己、伴侣吉米·亚历山大（Jim Alexander）及其办刊助手女艺术家弗兰·赫恩登（Fran Herndon，1926—2020）的小儿子杰伊（Jay）。斯派赛说话轻描淡写，举重若轻，但谁都知道这是用以掩盖其对垮掉派造神不满的障眼法，而事实上他认为自己足可与金斯堡等人并驾齐驱。

J这个字母，以打印体出现，无数次重复，或大写或小写，或疏离或重叠，填满了《J》的第1、2、4、5期封面；密布整个版面的字母J中，以镂空法，再现出一个大J，期号和投稿地址都悄然隐身于密布的J中。可以说，杰克·斯派赛无所不在。

第3期封面暗示出J还指扑克牌"红桃J"。"红桃J"的原型是法军将领拉海尔。他的名字的本意是"愤怒"，他的名言为"如果你是拉海尔的话，你就是上帝"。而至福（Beatitude）是什么？是上帝之子耶稣的山中圣训。两者的微妙联系，藏匿着斯派赛对待垮掉派的态度。第5期以加州雷古纳·赛卡赛车赛道的手绘地图为封面主图案，密布的字母J组成对赛道三面包抄的山岭。斯派赛要做什么？第5期封面展示了五个希腊或罗马男性人物，最前面两人双臂环抱在一起，朗读着手中"季节对读者的欢迎"字样的文献，而被压挤在角落里的人，一只手从后面搜着最中心人物的宽大长袍。斯派赛要扯下金斯堡和克鲁亚克等人华丽的衣装吗？

人们有很多猜测。但可以确信的是，《J》致力于建立本地诗人的社群网络，以强化与《至福》建立的东西部连通的垮掉派社群网络的对抗。于是在这本刊物内容上出现了以下三种现象：一是《J》排除了东部诗人；二是布劳提根、乔治·斯坦利、斯坦·佩尔斯基（Stan Perskey, 1941—　）以及斯派赛自己等七位本土诗人，都曾出现在《至福》（第1~4期），但《J》创立后，他们再也没有在《至福》发表作品；三是绝大多数《J》的作者都不曾被纳入《至福》的视野。这些只出现在《J》的作者包括了与斯派赛的"伯克利诗歌复兴"兄弟罗伯特·邓肯与罗宾·布拉泽，以及在他们影响下成长起来的本地青年诗人。然而，这样的对立状况也带给了斯派赛周围的人以困惑。乔安妮·凯格尔在"老地方"酒吧遇见了她未来的丈夫、著名垮掉派诗人加里·斯奈德。她在两种截然不同的诗歌生活中左右为难。

然而，幸运的是，斯派赛魔法圈的对立举动并未导致封闭性。正是借助处于上升期的当代艺术进行了充分表达，斯派赛反而启发了学生们在诗歌内部与绘画、音乐相融合、互通的尝试，这为美国诗歌的后现代转向打开了形式创新的大门。《J》第1期发表了乔·邓恩（Joe Dunn）的传统图像诗《爱》和《直升机上的三月》。第1、3期发表达蒙·比尔德的无题音乐图像诗。第4期发表约瑟夫·埃利亚斯的纯五线谱诗《乔诗》。而斯派赛在第5期的《第五挽歌》一诗中，将一小段五线谱融入诗歌的叙事中去。如此，布劳提根在诗歌中对星号、数字序号等现有物的使用，以及在小说中对碑刻、告示、菜单等现有物的使用，便能在《J》中，在斯派赛这里，找到清晰的源头。

此时的布劳提根，从默默地游走在斯派赛与垮掉派的夹缝中，变成了一个"未公开承认的斯派赛信徒"。在《我们美丽的西海岸事物》一诗中，他引用了斯派赛的诗句作为题记：

> 我们都是海岸人，
> 只有大海超越我们。

或许，斯派赛并没有把垮掉派放在眼里。但此时此地，他需要有意无意地在各方面来突显自己的异质性。他不吸毒，不认同或不热衷于禅宗，坚持如果不是迫不得已不进行长途旅行，放弃所有作品的版权，要求自己的作品只能在旧金山出版发行。还有，斯派赛在"老地方"酒吧和Gino & Carlo都留下一个写着J的盒子，供所有人随机投稿。

我们在"垮掉派最后的聚会"系列摄影、《垮掉派年谱》里都找到了布劳提根的身影，但其一生都否认自己是垮掉派。以斯派赛为首的旧金山文艺复兴派与以金斯堡为首的垮掉派的关系是复杂的。《J》的编辑助手乔治·斯坦利说："如果你把费林盖蒂、金斯堡、科索以及后来的麦克卢尔、惠伦、斯奈德、韦尔奇这群人，看作是垮掉派，那么围绕斯派赛和邓肯的那群人就是反垮掉派。但我们实际上都是垮掉派；我们不认为自己是垮掉派，但我们确实是。"1957年夏天，斯坦利在警察局当职员，他逐渐钦佩斯派赛在酒吧生活中坚持自己的能力，并将其尊为诗歌大师。然而，就在那个具体的时间点上，乔治·斯坦利曾站在他们的根据地Gino & Carlo酒吧前，指着垮掉派酒吧的所在地，仅几个街区之遥的格兰特街，说："距离是无限的。"

八

《我的语言使我如此：杰克·斯派赛诗选》，可以认为是斯派赛的一本诗全集，迟至2009年，才由彼得·吉兹（Peter Gizzi）和凯文·基里安编辑，由卫斯理大学出版社出版，并获得美国图书奖。对于一位活了四十年，又已死去四十四年的杰出诗人来说，这不能不说是太迟了。

虽然作为旧金山文艺复兴派的重要成员之一，他的诗被收录在唐纳德·艾伦编辑的被认为首次展现美国后现代主义诗歌全貌、影响巨大的《新美国诗歌 1945—1960》里，但他仍只在旧金山的诗人们中间广为人知。如果考虑到二十世纪50年代中期以后，旧金山是足可以与纽约对抗的美国诗歌中心，这或许是不凡的成就。但他长期是默默无闻的。他缺乏金斯堡那样的社交技巧和宣传天才。特别是只允许在旧金山出版其作品的个人信念，使出版商无法在旧金山之外出版他的书。当布劳提根一跃而成为"反文化运动"在作家中的最佳代表，戴宽檐帽的经典形象，甚至可以与走在街上的披头士乐队成员的乔治·哈里森相提并论时，斯派赛就默默无闻地躺在他的坟墓里。虽然我们现在也不知道他的坟墓在哪里，就像我们也不知道布劳提根的坟墓在哪里一样。

1965年7月14日或15日，在伯克利诗歌大会上，杰克·斯派赛，脸肿，佝偻着腰，在人群里即兴发表了名为《诗歌与政治》的演讲。他喝得醉醺醺的，当他跌跌撞撞地走下台时，观众们注意到他的门襟是敞开的，一条脏衬衫尾巴从没有熨烫的裤子里飘出来。虽然他只有四十岁，六尺高，但看上去七十多岁。一群忠实的追随者将他送回了他位于旧金山破旧街区波尔克街的一居室公寓，让他上床睡觉。十天后，斯派赛在水上公园度过了一个阳光明媚的漫长下午，然后倒在了公寓大楼的电梯里。他手里拿着晚餐：一块鸡肉三明治。他的身上渗着排泄物和呕吐物。陌生人叫了一辆救护车，将他送至旧金山总医院。没有身份证明，他在医院里，抽搐，出汗，无人看护。朋友们都找不见他。几天后，罗宾·布拉泽打电话给几家医院，一一询问，才发现总医院里那个濒临死亡的人是杰克·斯派赛。有友人赶到医院时，看见布拉泽正在与医生争吵。后者叫道："你在担心什么？这是一个他妈的普通老酒鬼。反正这个浑蛋很快就要死了。"布拉泽抓住医生的衬衫，大声说："你说的是一位大诗人！"

经过初步的血液排毒治疗，斯派赛的病情好转了一段时间。他能意识到自己是谁和在哪里，并认出了他的访客，试图说话。但他的思想与声带分离，说出的都是一些谵妄之语。只有唯一一次，他拼命挣扎，大小便失禁，对布拉泽说出了一句看起来不失明智的话：

我的语言使我如此。你的爱会让你继续。

四十四年后，这句话成为了他的诗集的名字。《我的语言使我如此》。

斯派赛本来就是语言学家。斯派赛对语言在诗歌创作过程中的作用的看法，可能源自他对现代前乔姆斯基语言学的了解，以及他在伯克利担任语言研究者的经历。1965年，他最后一本诗集的名字就叫《语言》。自从1975年布拉泽编辑的《杰克·斯派赛选集》出版后，他的名声冲出了旧金山，越来越大。直到20世纪80年初，斯派赛被公认为"语言诗人"的先驱，而被重新挖掘。

《我的语言使我如此：杰克·斯派赛诗选》的两位编者，以1956年为界，将他二十年的写作生涯分为了两部分。本诗集里的诗歌只来自后一部分，虽然前一部分包括了其名作《想象的挽歌》的前四部分，我们的目的更想展示出他可以被归入"后现代主义"的那一部分诗作，特别是可称之为"伟大发明"的序列诗。

最后九年里，斯派赛创作并出版了《仿洛尔迦》《以太城的首领》《圣杯》等标志性的序列诗作品。序列诗是斯派赛和邓肯共同发明的一种诗歌形式。它是一本书规模的一首诗，由多个独立成章却又相互关联、共同发挥作用的短篇诗作，依据特定的数学逻辑排列组合而成的。这些诗作并非出自预先规划，而是自然流淌的成果。它深受序列音乐的启发，同时也汲取了好莱坞系列广播剧与电影的跳跃叙事与分段展现手法之精髓。序列诗形式被认为是代表了对史诗模式的根本性替代。

九

1965年8月17日，杰克·斯派赛去世，被匿名安葬。

1925年1月30日，杰克·斯派赛出生于美国加州洛杉矶，本名约翰·莱斯特·斯派赛，是约翰·洛芙利·斯派赛与多萝西·克劳斯的长子。1935年1月30日，理查德·布劳提根出生于美国华盛顿州的塔科马，是玛丽·卢·福斯顿和伯纳德·布劳提根的儿子。我时常在心中重复这两段话。

2023年3月16日，在出版社安排下，我和知识博主曹柠，与布劳提根的女儿、作家艾安西·布劳提根进行了一次网络视频对话。那时有消息传来说，布劳提根的墓地可能位于加利福尼亚州博德加的加略山天主教公墓，靠近山顶的桉树树荫下，面对太平洋，但还没有竖立标记。我问她是不是。她说："我不能说，但你来，我带你去。"我很想对她说，我还想去同样可能没有写上名字的杰克·斯派赛的墓地，能带我去吗？

很快，2025年1月30日，斯派赛就一百岁了，布劳提根九十岁。我找到斯派赛在诗集《告诫》里写给布劳提根的诗。《给迪克》，写于1957年，迪克是布劳提根本来的名字。1956年8月，为了真正地成为作家，布劳提根从家乡来到了旧金山。在这里，他遇到了他的老师和挚友斯派赛。在结尾，斯派赛如此写道：

> 看
> 纯真如此重要
> 它有意义
> 看
> 它能给我们
> 希望，让我们在逆风中奋力前行

时间如风。我在斯派赛的诗歌《有关坡之名言的即兴诗》里，找到了真正未曾消散的他：

> "不确定性是真正音乐的一种成分。"
> 其伟大的和音从未
> 屈服于定义。一只海鸥
> 独自在码头叫到喑哑，

周围没有鱼，没有其他海鸥，

没有海洋。毫无含义

恰似一只法国号角。

这甚至不是交响乐团。和音

独自在码头盘旋。这伟大的和音

从未曾屈服于定义。没有鱼

没有其他海鸥，没有海洋——真正的

音乐。

不确定性是真正音乐的一种成分。其伟大的和音从未曾屈服于定义。

十

人们不热爱杰克·斯派赛，是因为还没有发现他。现在，我相信，他们意识到自己迟到了，他们在加紧赶路。

目录

"诗如魔法"工作坊 1

仿洛尔迦 9
音乐之书 83
比利小子 99

致詹姆斯·亚历山大的信 109
阿波罗给詹姆斯·亚历山大的七首童谣 129
以太城的首领 137
圣杯 211
地图诗、语言 249
杂志诗之书 261

杰克·斯派赛年表 294

1957

「诗如魔法」工作坊

"诗如魔法"工作坊("Poetry as Magic" Workshop):1957年春,斯派赛在罗伯特·邓肯的帮助下,于旧金山公共图书馆开设了"诗如魔法"工作坊。这是斯派赛最重要的诗歌公共教育行动。

此问卷的目的绝非要考察你是否会写诗。由于这个工作坊只能有十五人,我必须了解你们谁将从一个针对特定内容的工作坊中受益最大。有些问题看起来很奇怪或毫无意义,但如果你能尽可能准确地回答所有问题,这份问卷将会变得很有用处。

入选名单将于2月21日①(周四)在图书馆的主公告栏以及旧金山州立学院诗歌中心(杜松街4-2300,分机号码251)公布。

一、政治

1. 你最喜欢的政治歌曲是什么?
_____

2. 如果有机会除掉这世上的三个政治人物,你会选择哪三个?

(1)_____

(2)_____

(3)_____

3. 当今世界什么样的政治团体、口号或思想最与魔法相关?_____什么最与诗歌相关?
_____
_____
_____

---

① 指1957年2月21日。

4. 谁是"洛夫斯通派"①?

二、宗教

1. 以下哪个人物拥有或代表的宗教观点与你自己的宗教观点最接近?哪一个对你影响最大?

耶稣,儒略皇帝,第欧根尼,佛陀,孔子,马可·奥勒留,老子,苏格拉底,狄俄尼索斯,阿波罗,赫耳墨斯·特里斯墨吉斯忒斯,李白,赫拉克利特,伊庇鲁斯,提亚纳的阿波罗尼乌斯,琐罗亚斯德,穆罕默德,白色女神②,西塞罗。

最接近_____ 影响最大_____

2. 用同样的方法对这组人物进行分类。

加尔文,克尔恺郭尔,铃木,施韦策,马克思,罗素,圣托马斯·阿奎那,路德,圣奥古斯丁,桑塔亚那,梅特斯基,萨德侯爵,叶芝,甘地,威廉·詹姆斯,希特勒,C.S.刘易斯,普鲁斯特。

最接近_____ 影响最大_____

3. 你最喜欢《圣经》中的哪一本?_____

---

① "洛夫斯通派"(Lovestoneites):是在20世纪20年代末、30年代初从美国共产党分裂出来的政治组织,由美国共产党(CPUSA)前总书记杰伊·洛夫斯通(Jay Lovestone)领导,故称"洛夫斯通派"。
② 白色女神(The White Goddess):诗人罗伯特·格雷夫斯(Robert Graves)在1948年首次出版《白色女神:诗意神话的历史语法》(*The White Goddess: A Historical Grammar of Poetic Myth*),书中提出了一个欧洲神的存在,即代表"出生、爱和死亡的白色女神",她隐藏在各种欧洲和异教神话的不同女神的面孔后面。

三、历史

1. 给出下列人物或事件的大致日期：

柏拉图_____佛陀_____滑铁卢战役_____但丁_____印刷术的发明_____尼禄_____乔叟_____意大利的统一_____圣女贞德_____

2. 写一段关于罗马衰落如何影响现代诗歌的文章。

四、诗歌

1. 如果你在编辑一份杂志，有无限的预算，你会首先向哪位诗人求稿？

五、个人信息

1. 姓名_____住址_____年龄____性别____城市_____电话_____身高_____体重_____婚姻状况_____
2. 你最像什么动物？
3. 你最像哪种昆虫？
4. 你最像哪颗星？
5. 普通牌（或塔罗牌）中哪张代表

你绝对的欲望？_____

你绝对的恐惧？_____

写出你知道的最有趣的笑话。

六、练习

回答问题1和问题2中的一个或两个。

1. 在下列三首诗中,用你想要的任意数量的单词(可以不添加)填空,写出一首完整的、令人满意的诗。不要改变任何现有的单词或标点符号,也不要增加行数。

2. 创造一个梦境,你以诗人的身份出现在其中。

(1)

牙龈没了_____

是_____虽然鼻子什么_____也不是,

眼睛_____

现在是_____

散热器的_____地板

是_____,它的偶数行

适合提高

_____的孩子。

你会数数_____

你会待在他们中间,

你会知道_____,你会听到他们

在狭窄的地方_____

(2)

在_____无边无际

雪,_____盐

他失去了他的_____

白色。他走

在一个_____地毯使

_____

没有眼睛和拇指

他遭受_____的痛苦

但是_____颤音

在_____无边无际

如何在_____伤口

他的_____离开。

雪,_____盐_____

在那_____无边无际。

(3)

蓝脚之鹭,_____湖

_____歌，像我一样没有过客

谈论_____休息吧，松翼的水鸟，

对音乐哑然无声_____

我站在水边，像他一样没有过客

_____，悬空在_____翅膀。

渴望飞翔，渴望_____

我_____让我好好休息。

他们不会追捕我们的_____

_____的血肉是_____是愚蠢的。

箭的声音，猎人的视线

_____没有翅膀的生活。

所以让我们去死吧，因为只有死亡才是运动

只有死亡才能使这些苍鹭展翅飞翔。

_____无翼_____海洋

_____死亡。

仿洛尔迦

(附费德里科·加西亚·洛尔迦的序言)

1957

洛尔迦(Lorca,1898—1936):被认为是20世纪最伟大的西班牙诗人,"27年一代"的代表人物。他的诗创造性地结合了西班牙民间歌谣,创造出了一种全新的诗体。

序言

坦率地说,当斯派赛先生让我为这本书写序言时,我感到很惊讶。我对他寄给我的手稿(以及现在已成为其中一部分的一系列信件),无论过去,还是现在,从根本上来说是不喜欢的。在我看来,这是在不值得做的事情上,浪费了相当大的才能。然而,在过去的二十年里,我与诗歌失去了一切联系。[1]年轻一代的诗人可能很高兴看到斯派赛先生执行了一项艰巨而又无利可图的任务。

必须从一开始就说明这些诗并非译文。即使是在最原汁原味的诗中,斯派赛先生似乎也能从插入或替换一两个词中获得乐趣,这些词完全改变了我所写的诗的意境,往往也改变了它的意思。更多的时候,他拿了我的一首诗,把他自己一首诗的一半放在旁边,给人一种勉强的半人半马的感觉(我很谦虚,我不敢猜测哪一端才是我的)。最后,还有几乎相同数量的诗是我完全没有写过的(人们认为它们一定是他写的),这些诗用一种有点异想天开的方式模仿我早期的风格来进行创作。读者没有被告知哪首诗属于哪一类,而我将我死后写的几首诗寄给斯派赛先生,让问题进一步复杂化了(我必须承认,这是有预谋的),他也翻译了这些诗,并收录在这里。即使是我作品最忠实的读者,也很难判断加西亚·洛尔

---

[1] 1936年,西班牙内战爆发初期,洛尔迦支持西班牙第二共和国的民主政府,反对法西斯主义叛军。8月18日,洛尔迦被西班牙长枪党枪杀,但遗体一直没有被找到。

迦像什么或者不像什么，但事实上，如果他看到我现在的安息之地，他就会做出判断。这样类比是不礼貌的，但这种不礼貌恐怕有其价值。

这些信是另一个问题。当斯派赛先生几个月前开始给我寄信时，我立刻认出它们"程序化"的性质——一名诗人写给另一名诗人的信，并不包含去联系他的努力，而更像一个小伙子对着稻草人倾吐秘密，无非是知道心仪的姑娘正在远处聆听。在这里，年轻的女士可能是缪斯女神，但稻草人自然会憎恨这种信任。读者虽然没有参加这种奇特的幽会，但他如果能无意中听到这些话，也许会被逗乐。

众所周知，死人是难以满足的。斯派赛先生的混杂可能会取悦他同时代的读者，或更有可能促使他自己写出更好的诗。但是，当我在纽约访问你们国家时，我浏览的一本美国杂志上刊登的一幅奇怪的混合漫画，给我留下了深刻的印象。这幅漫画展示了一块墓碑，上面刻着这样的话："这里埋葬着一位军官和一位绅士。"下面的说明文字是："我很好奇他们怎么碰巧葬在同一个坟墓里？"

费德里科·加西亚·洛尔迦
1957年10月，格拉纳达郊外

胡安·拉蒙·希梅内斯[①]

为约翰·瑞恩[②]而译

在白而无尽的

雪、海藻和盐之中

他失去了想象力。

白色。他走

上鸽子羽毛制造

的无声地毯。

没有眼睛和拇指

他忍受着一个不动的梦

但骨头在颤抖。

在白而无尽中

他的想象力留下的

伤口多么清晰、阔大。

雪、海藻和盐。此刻

在白而无尽中。

———————

[①] 胡安·拉蒙·希梅内斯（Juan Ramón Jiménez，1881—1958）：西班牙诗人，1956年诺贝尔文学奖获得者。
[②] 约翰·瑞恩：诗人，和斯派赛同为著名的"六画廊"的合伙人之一，他也曾是金斯堡的情人。

创造宇宙的小女孩之歌

为乔治·斯坦利[①]而译

茉莉花和一头喉咙被割开的公牛。

无尽的人行道。地图。房间。竖琴。日出。

一个小女孩假扮成一头茉莉花做成的公牛

那公牛是怒吼的血腥黄昏。

如果天空是一个小男孩

茉莉花就能独自度过大半个夜晚

公牛有自己的蓝色斗牛场

他的心脏就放在一根小柱子底部。

但是天空是一头大象

茉莉花是没有血的水

小女孩是一束夜之花

迷失在黑暗的人行道上。

在茉莉花与公牛

或与沉睡的大理石人的钩子之间

或在茉莉花里,云和大象——

一个小女孩在转动的骨架。

[①] 乔治·斯坦利(George Stanley, 1937—):旧金山文艺复兴派诗人,曾作为斯派赛的学生和助手,担任斯派赛创办的《J》杂志的编辑。

书信之一

亲爱的洛尔迦:

这些信是暂时的,正如我们的诗是永久的。它们将形成大面积的损耗,以帮助我的那些时常反胃的同代人吞咽和消化这些纯粹的词。我们将用尽我们的修辞,这样它就不会出现在我们的诗歌中。让它一段又一段、一天又一天地被消耗,直到我们的诗歌中一点也不剩,直到我们的诗歌在其中也一点不剩。正是因为这些信是不必要的,所以才必须写。

我在上一封信中提到了这个传统。阅读这些信的傻瓜将就此认为,我们似乎将其等同于传统最近的含义——一个历史的拼凑物(无论是由伊丽莎白时代的引文,诗人家乡的导游手册,还是万神殿颁布的晦涩的魔法碎片组成),它被用来掩盖只言片语之赤裸。传统的意义远不止于此。它意味着不同国家的几代不同的诗人,耐心地讲述着同样的故事,写着同样的诗,在每次转变中经历得失——当然,没有真正失去任何东西。这与冷静、古典主义、气质或其他任何东西,都没有关系。创造纯粹是诗歌的敌人。

看看散文有多弱。我创造了一个像创造的词。这些段落可以被五十个诗人用五十种语言翻译、变换,但它们仍然是暂时的、不真实的,无法产生一个意象单一的实体。散文创造——诗歌显露。

一个疯子在我隔壁的房间里自言自语。他用散文的方式说话。现在我将要去一个酒吧,在那里,一两个诗人会对我说话,我也会对他们说话,我们会试图摧毁对方,或者吸引对方,甚至互相倾听,但什么都不会发生,因为我们会以散文的形式说话。我会醉醺醺、心怀不满地回家,然后睡去——我梦见的同样将是散文。甚至潜意识也对诗歌没有足够的耐心。

你已经死了,而死人都很有耐心。

爱你的杰克

七段谣①

为埃贝·博雷加德②而译

兰波③由字母表里的七个字母拼成

听到这些,你永不会心碎

兰波死时,比你年长

听到这些,你永不会心碎。

我告诉你,亲爱的,美从不会像他那样老,

而你听到这些,你永不会心碎。

闭上你的嘴。

兰波由七段拼成

A E I O U Y

还有那个冰冷的元音叫死亡。

哦,

该死的兰波,

美是由七个段落的所有元音拼成。

———————

① 洛尔迦写有《七颗心男孩之歌》一诗,中译本参见王家新先生译《死于黎明:洛尔迦诗选》(华东师范大学出版社,2016)。斯派赛的所谓译本完全是一首与原诗进行呼应的新作。
② 埃贝·博雷加德(Ebbe Borregaard):旧金山诗人、出版人。20世纪50年代,他是视觉艺术家杰斯·柯林斯(Jess Collins)和杰克·斯派赛之间的中心人物。而从50年代开始,杰斯·柯林斯就是诗人罗伯特·邓肯的长期伴侣。
③ 兰波(Arthur Rimbaud, 1854—1891):19世纪法国著名诗人,早期象征主义诗歌的代表人物,超现实主义诗歌的鼻祖。

闭上你的臭嘴。

兰波死时，他变得比你的字母表还老

而你听到这些，永不会心碎。

德彪西[①]

为雷德兰兹大学[②]而译

我的影子默默地

在沟里的水面上移动。

我的影子之上是那些

被阻隔在星光之外的青蛙。

阴影向我的身体索取

静止的影像。

我的影子掠过水面

像一只巨大的紫色蚊子。

一百只蟋蟀试图从湍流

的光亮中挖掘金子。

一束光于我心中诞生，

映在沟渠上。

---

① 德彪西（Debussy, 1862—1918）：法国作曲家。其"印象主义"音乐风格，对欧美各国的音乐产生了深远的影响。
② 雷德兰兹大学（University of Redlands）：是位于美国加利福尼亚州雷德兰兹市的一所私立大学，1907年成立时是浸信会的分支机构，1972年独立，但仍然与美北浸礼会保持着一定的关系。

青蛙

为格雷厄姆·麦金托什[①]而译

像我读过的所有小说

我的大脑快进入高潮

高潮是指在泳池里溅起的水花。

嘘。嘘。嘘。

你的心里灌满了水

你的鼻子几乎不能呼吸。

记得

那些被火烧的松树有多黑。

所有的黑森林。还有喧闹

(飞溅声)

来自一根绿针。

---

① 格雷厄姆·麦金托什（Graham Mackintosh, 1935—2015）：印刷商、插画家、书籍设计师。他曾为独立出版社白兔出版社（White Rabbit Press）的发行商，该出版社主要为杰克·斯派赛圈子的诗人们出版诗集。1962年，麦金托什还为斯派赛的诗集《为制造者哀悼》(Lament for the Makers) 制作插图。据传，麦金托什曾是斯派赛的前男友。

巴斯特·基顿①的旅行

为梅尔文·巴克路德②而译

公鸡：喔喔喔！

（巴斯特·基顿抱着四个孩子进来了。）

巴斯特·基顿（掏出一把木匕首，杀了他们）：我可怜的孩子们！

公鸡：喔喔喔！

巴斯特·基顿（数着地上的尸体）：一，二，三，四。（抓起一辆自行车走了。）

（在一堆旧橡胶轮胎和油罐中间，一个黑人吃了一只草帽。）

巴斯特·基顿：多么美好的下午！

（一只鹦鹉在无性的天空中飞舞。）

巴斯特·基顿：我喜欢骑自行车。

猫头鹰：咕咕咕。

巴斯特·基顿：这些鸟唱得多好听啊！

猫头鹰：咕！

巴斯特·基顿：真可爱！

（停顿。巴斯特·基顿用难以言喻的方式穿过草丛和小黑

---

① 巴斯特·基顿（Buster Keaton，1895—1966）：美国演员、导演。因其在电影作品中标志性依然故我、不苟言笑的肢体喜剧表演风格而获得了"大石脸"（The Great Stone Face）的昵称。1960年，获奥斯卡终身成就奖。

② 梅尔文·巴克路德（Melvin Bakkerud）：美国有名的强奸犯。1957年，二十一岁的失业健美瘾君子巴克路德在旧金山金门公园里袭击了一对年轻夫妇，并强奸了其中的妻子，其后又在公园的浴室里侵犯了一名九岁女孩。这件事被广泛报道，引起轰动。巴克路德的犯罪行为受到了小说的影响。

麦地。在他的车轮下，风景都将自己缩短了。这辆自行车只有一个尺寸。但它可以进入书籍，甚至可以将自己的脚步扩展到歌剧院和煤矿。巴斯特·基顿的自行车不像坏人骑的自行车那样有焦糖坐垫或白糖踏板。它是一架与所有自行车一样的自行车，除了它有一种独特的天真无邪。亚当和夏娃跑过，惊恐得像他们拿着一个装满水的花瓶，顺便抚摸了巴斯特·基顿的自行车。）

巴斯特·基顿：啊，爱，爱！

（巴斯特·基顿跌倒在地上。自行车从他手里溜走。它跟在两只巨大的灰蝴蝶后面跑。它从距地面半英寸处，疯狂地掠过。）

巴斯特·基顿：我不想说话。有人能说句话吗？

一个声音：傻瓜！

（他继续走。他的眼睛，深邃而悲伤，像一只新生的动物，梦见百合、天使和丝绸腰带。他的眼睛，像花瓶的瓶底。他的眼睛像个疯孩子。它们是最忠诚的。它们是最美丽的。鸵鸟的眼睛。他的人类的眼睛与忧郁保持着安全平衡。远处，可以看到费城。那个城市的居民现在知道，胜家缝纫机①的古老诗歌能够环绕温室里的大玫瑰，却根本不能理解一碗热茶与一碗冷茶之间的诗意之别。费城在远处，闪闪发光。）

（一个眼睛像赛璐珞般的美国女孩，穿过草地走过来。）

美国人：你好。

（巴斯特·基顿微笑着看着女孩的鞋子。那双鞋子！我们

---

① 胜家缝纫机（Singer machine）：美国著名的缝纫机品牌。

不必赞美她的鞋子。只有鳄鱼才配穿上它们。)

巴斯特·基顿：我本想——

美国人（喘不过气来）：你带着一把镶着桃金娘叶子的剑吗？

（巴斯特·基顿耸耸肩，抬起了右脚。）

美国人：你有镶着毒石的戒指吗？

（巴斯特·基顿慢慢地扭动着，抬起一条表示探询的腿。）

美国人：嗯？

（四个天使，翅膀像天国的气球，在花丛中撒尿。城里的女士们像骑自行车一样弹钢琴。华尔兹，月亮和十七只印第安独木舟，震撼着我们朋友珍贵的心。最令人惊讶的是，秋天已经侵入花园，就像水炸开了一粒方糖。）

巴斯特·基顿（叹气）：我本想成为一只天鹅。但我不能做我想做的事。因为——我的帽子怎么了？我的小鸟衣领和安哥拉山羊毛领带呢？太丢脸了！

（一个长着蜂腰、穿着高领的年轻女孩骑着自行车进来。她长着夜莺的头。）

年轻女孩：我有幸，向谁致敬？

巴斯特·基顿（鞠躬）：巴斯特·基顿。

（年轻女孩晕倒，从自行车上摔了下来。她的腿在地上，抖得像两条奄奄一息的眼镜蛇。唱片机播放了同一首歌的上千个版本——"费城没有夜莺"。）

巴斯特·基顿（跪着）：亲爱的埃莉诺小姐，抱歉！（再低一点）亲爱的，（继续低）亲爱的，（最低）亲爱的。

（费城的灯光在一千名警察的脸上，忽隐忽现。）

朦胧鸽之歌[1]

为乔·邓恩[2]而译

在月桂枝上

看见两只朦胧的鸽子。

其中一只是太阳,

另一只是月亮。

小邻居们,我问他们,

我被葬在哪里?

在我尾巴里,太阳说。

在我嗓子里,月亮说。

而我,腰上带着

地球,一直在走路

看见两只大理石鹰

还有一个裸体少女。

一个是另一个,

那个少女什么也不是。

---

[1] 洛尔迦写有《黑鸽子之歌》一诗,中译本参见王家新先生译《死于黎明:洛尔迦诗选》(华东师范大学出版社,2016)。对斯派赛的译本重新分段,并进行了部分改写。

[2] 乔·邓恩(Joe Dunn):旧金山独立出版社白兔出版社的创立者。斯派赛的首本诗集《仿洛尔迦》于1957年由该出版社出版。

小鹰们，我问他们，

我被葬在哪里？

在我尾巴里，太阳说。

在我嗓子里，月亮说。

在月桂枝上

看见两只赤裸的鸽子。

一个是另一个

而他们俩什么都不是。

自杀

为埃里克·韦尔[①]而译

早上十点
年轻人不会记得。

他心里塞满了死亡之翼
和亚麻布制成的花。

他意识到嘴里
只剩下一句话。

当他脱掉外套,柔软的灰烬
从他的手上跌落。

透过窗户,他看见一座塔
他看见一扇窗户和一座塔。

他的表在表壳里走不动了
他观察它看他的方式。

他看见自己的影子伸展

---

① 埃里克·韦尔(Eric Weir):演员,曾参演过罗伯特·邓肯的戏剧《美狄亚·第二部分》(*Medea Part II*)。

到一只白丝绸垫子上。

然后呆板的几何形少年
用斧头打碎了镜子。

镜子把一切淹没
在阴影巨大的火舌中。

酒神巴克斯

为唐纳德·艾伦[①]而译

一片未被触及的绿色低语。

无花果树想将树枝伸给我。

像一只黑豹,它的影子

潜近我诗人的影子。

月亮与狗吵架。

她错了,然后重新开始。

昨天,明天,黑,绿

簇拥着我的月桂之圈。

如果我以心交换,

你会在哪里寻觅我的一生?

——无花果树向我喊叫、移动

惊恐又伸展。

[①] 唐纳德·艾伦(Donald Allen,1912—2004):美国著名的文学编辑、出版商和翻译家。他是影响甚巨的后现代诗选《新美国诗选1945—1960》(*The New American Poetry, 1945-1960*)的编者。

一颗钻石

为罗伯特·琼斯[①]而译

有
一颗钻石
在月亮或树枝或我赤裸的身体的中心
宇宙中没有像钻石一般的东西了
脑子里也是如此。

这首诗是一只海鸥在大海尽头的长堤上休息。

狗对着月亮嚎叫
狗对着树枝嚎叫
狗对着裸体嚎叫
以纯净之心嚎叫的一只狗。

我要求这首诗像海鸥的腹部一样纯洁。

宇宙分崩离析,显露出一颗钻石
被称为海鸥的两个词,都平静地随波漂荡。
狗死在那里,月亮、树枝、赤裸的我死在那里
宇宙中没有像钻石一般的东西了
脑子里也是如此。

―――――――

① 罗伯特·琼斯(Robert Jones):身份不明。

小笨蛋[①]

为罗宾·布拉泽[②] 而译

我说,"下午",
但它不在那儿。
下午是另一件事
它已去了其他地方。

(光耸了耸肩,
像个小女孩。)

但"下午"是无用的,
不是真的,这有
半个月亮的铅。另一半
永远到不了这里。

(每个人都看到的光
扮演着一座雕像。)

另一半很小,

[①] 洛尔迦写有《傻孩子之歌》一诗,中译本参见王家新先生译《死于黎明:洛尔迦诗选》(华东师范大学出版社,2016)。斯派赛的所谓译本完全是一首与原诗无关的新作。
[②] 罗宾·布拉泽(Robin Blaser, 1925—2009):诗人、编辑和散文家。他与诗人罗伯特·邓肯和杰克·斯派赛一起,发起了20世纪40年代的"伯克利诗歌复兴",后又是20世纪五六十年代旧金山文艺复兴派的重要参与者。

吃的是石榴。

这只又大又绿,我无法
将她抱在怀里或给她穿衣。
她会来吗?她是什么?

(光就像一个玩笑一般前进,
把那个小笨蛋和他自己的影子分开。)

魏尔伦[①]

为帕特·威尔逊[②]而译

一首

我将永不会唱的歌

在我唇边睡着。

一首

我将永不会唱的歌——

忍冬花之上

有一只萤火虫

月亮用一束光

蜇进水中——

那时我会想象

那首我永远不会唱

的歌。

一首充盈于唇间

和遥远尾流的歌

一首满是阴影中

---

① 魏尔伦（Verlaine, 1844—1896）：法国象征主义诗人。
② 帕特·威尔逊（Pat Wilson）：斯派赛在伯克利时期的老朋友。

的逝去时光的歌

一首活在漫长而忍耐之日
以外的星星之歌。

书信之二

亲爱的洛尔迦:

当我翻译你的一首诗时,遇到不懂的词,我总是去猜测它们的意思。我当然会猜对。一首真正完美的诗(至今还没有人写出来过),可以被一个不懂其原文语言的人完美地翻译出来。一首真正完美的诗,其词汇量是无限小的。

这非常困难。我们想将直接的物体、直接的情感转移到诗歌里——然而,直接的事物总是有几百个自己的词附着其上,像藤壶一样,短暂又顽强。将它们刮除,用其他词语替代它们是错误的。诗人是时间的机械修理师,而非尸体防腐师。围绕那些迅速枯萎和腐烂事物的文字,就像身体周围的肉。任何传统的木乃伊裹尸布都不能阻止这一过程。物体、词语都必须穿越时间,而非逆时间以存。

我朝悬崖下的大海,大喊"狗屎"。即使在我有生之年,这个词的即时性也会逐渐消失。它会像"唉"一样死去。但如果我把真正的悬崖和真正的海洋融入诗中,"狗屎"这个词就会跟随它们,随时间穿梭机而行,直至悬崖与大海消失。

我的大多数朋友很喜欢词语。他们把它们放在诗歌的耀眼光芒下,试图从每一个词中提取出每一个可能的寓意,每一个暂时的双关,每一个直接或间接的联系,仿佛一个词只要加上结果,就可以成为一个物体。另一些人则从街上、酒吧和办公室里捡拾词语,自豪地将它们展现在诗里,仿佛在大喊:"看看我从美国语言中收集了什么。看看我的蝴蝶,我的邮票,我的旧鞋子!"一个人该怎么处理这套鬼话?

词语是那些紧贴着现实的物体。我们用它们来推动现实，并将现实拖入诗歌。它们是我们所能依靠之物，仅此而已。它们本身就像没有拴住东西的绳子一样有价值。

我再重复一遍，完美的诗歌的词汇量是无限小的。

爱你的杰克

死去的樵夫之歌

为路易·马布里[①]*而译*

因为这棵无花果树是枯萎的
它的树根裂开了。

哦,你头朝下摔倒了
你摔到头了。

因为那棵橡树没有根,
它的树枝裂开了。

哦,你头朝下摔倒了
你摔到头了。

因为我走过树枝,
我的心被划破了。

哦,你头朝下摔倒了
你摔到头了。

---

① 路易·马布里(Louis Marbury):身份不明。

哭泣之歌

为鲍勃·康纳[①]而译

我关上了窗户

因为我不想听到哭声

但灰墙后

只能听到哭声。

几只狗可能会吠叫

几位天使可能会唱歌

我的手掌可能容得下一千把小提琴。

但哭泣是一条大狗

哭泣是一位大天使

哭泣是一把大小提琴

泪水给空气套上笼嘴

除了哭泣,什么也听不到。

[①] 鲍勃·康纳(Bob Connor):诗人,斯派赛主持的"诗如魔法"工作坊的学生。《哭泣之歌》中对狗意象的使用,使鲍勃·康纳怀疑斯派赛在私下里把他比作一条狗,因而备感被冒犯。

晨曲[①]

为罗斯·菲茨杰拉德[②]而译

如果你的手曾经毫无意义

地球表面将不会

冒出一片草叶。

写起来容易,吻起来容易——

不,我说,读你的论文。

在那里

就像地球

当阴影盖住了湿草的时候。

[①] 晨曲(Alba):法国南部普罗旺斯地区的一种传统抒情诗,多描述情人清晨临别情景。

[②] 罗斯·菲茨杰拉德(Russ Fitzgerald):即拉塞尔·菲茨杰拉德(Russell Fitzgerald),视觉艺术家。斯派赛创办的《J》杂志的第3期由他设计封面。

穷人之歌

一首译作

哦,像我这样爱你,
我付出了多大的代价! ①

因为我爱你,桌子
还有那颗心和那些灯火
都为我难过。

谁会从我这里买
我的那条小皮带
还有那用来编织手帕的
白丝线的悲伤?

因为我爱你,天花板
还有那颗心和那些空气
都为我难过。

哦,像我这样爱你,
我付出了多大的代价!

---

① 原文为西班牙语。

沃尔特·惠特曼颂①

为史蒂夫·乔纳斯②而译

沿着东河和布朗克斯区③

孩子们在唱歌，向轮子、油、皮革

以及锤子，炫耀他们的身材。

九万名矿工正从巨砾中提取白银，

而孩子们则在绘制楼梯的透视图。

但那时没有人去睡觉

没有人想成为一条河

没有人喜欢大树叶，没有人

是海岸线的蓝色舌头。

沿着东河进入皇后区④

孩子们正在与工业角力。

犹太人将行过割礼的玫瑰

出售给河里的牧神。

---

① 洛尔迦确实创作了《沃尔特·惠特曼颂》一诗，参见《死于黎明：洛尔迦诗选》（王家新译，华东师范大学出版社，2016）。本文为斯派赛由西班牙语译成英文的版本。
② 史蒂夫·乔纳斯（Steve Jonas, ？—1970）：即Stephen Jonas，非裔美国诗人，20世纪50—60年代波士顿诗歌界的重要人物。乔纳斯与曾旅居波士顿的斯派赛关系较好。
③ 布朗克斯区（The Bronx）：纽约的一个区。
④ 皇后区（Queens）：纽约的一个区。

天空流过桥梁和屋顶——
风推动着成群水牛。

但那时没有人愿意留下来。
没有人想成为云。没有人
寻找过蕨草
或黄色的鼓之轮。

但如果月亮出来了
滑轮会为扰乱天空而四处滑动
少量的针叶会禁锢你的记忆
会有棺材来带走你的失业者。

泥泞之纽约，
铁丝网与死亡之纽约
你脸颊里携藏着怎样的天使？
是什么完美的声音会告诉你关于小麦的真相
或你那身处湿梦的海葵的可怕睡眠？

美丽的老沃尔特·惠特曼，我一刻
也不曾停止过注视你那满是蝴蝶的胡须，
你那被月光磨得单薄的灯芯绒肩膀，
你那处子阿波罗般的肌肉，
你那像一炷灰烬般的声音，
而这些灰烬如雾般古老、美丽。

你像鸟一样喊了一声

它的刺痛来自一根针

半人半兽的敌人

葡萄的敌人

以及粗布下的身体爱好者。

紧翘的美人,他一刻也不曾

在堆积如山的煤、广告和铁路中,

停止过梦想成为一条河以及与一个

特别的伙伴同眠,一个能将无知的豹子

的幼小痛苦放进你怀里的人。

血色亚当,雄性动物。

独自在海中的人,美丽的

老沃尔特·惠特曼,他一刻也不曾。

因为在屋顶上

在酒吧里挤作一团

成群结队地从厕所里拥出来

在出租车司机的两腿之间颤抖

或者在威士忌酒台上旋转的

那些浑蛋,沃尔特·惠特曼,都指望着你。

那个也,也一样。他们把自己扔向

你燃烧着的处子胡须,

北方的金发碧眼,从海边来的黑人,

像猫或蛇的

满是叫喊声和手势的人群

那些浑蛋，沃尔特·惠特曼，那些浑蛋，
在泪水，供鞭打的肉体，
牛仔的牙齿或靴子中间，泥泞不堪。

那个也，也一样。描画过的手指
沿着你梦想的海滩发芽
而你给了朋友一个
尝起来略有煤气味的苹果
而太阳为那些桥下玩游戏的小男孩
的肚脐唱了一首歌。

但你不是在寻找抓伤的眼睛
或那些孩子正在下沉的黑沼泽地区
或冰冻的唾液
或像癞蛤蟆肚腩一样的受伤曲线
那些浑蛋在酒吧和夜总会穿的
当月亮在恐怖的角落里击打他们。

你曾找过一个像河一样的裸男，
牛和梦，轮子和海藻之间的一个连接，
做你最后挣扎的父亲，你死亡的山茶花，
以及在你隐藏的赤道的火焰中呻吟。

因为一个人不会在次日清晨的
血林中，寻找他的快乐。

天空有海岸线，在那里可以避免生命

而有些身体不允许在日出时重复自己。

垂死，垂死，梦想，酵母，和梦想。

这就是世界，我的朋友，垂死挣扎。

尸体在城市的时钟下自我分解。

战争与一百万只灰鼠一起，开始哭泣。

富人给他们的女朋友

微小的发光染料

而生命既不高尚，也不美好或神圣。

人能做到，如果他愿意引导他的欲望

穿过珊瑚的静脉或天国的裸体。

明天，他的爱将变成岩石和时间

微风将沉睡着从他们的集群吹过。

这就是为什么我没有呼喊，老沃尔特·惠特曼，

面对那个在他的枕头上

写上一个女孩名字的小男孩

面对那个在黑暗的壁橱里

穿婚纱的孩子

面对那个在酒吧里

带病喝着卖淫之水的寂寞男人

面对那个爱慕男人，在沉默中烫伤他们的嘴唇

的绿眼皮男子

但面对剩下的你们，这些城市里的浑球

穷鬼和坏脑筋，

泥母，鸟身女妖，分发快乐皇冠

的无梦之敌。

总是面对剩下的你们，那些

给孩子们啜饮酸毒与死亡残沥的人。

总是面对剩下的你们

北美的仙女①们，

哈瓦那的巴哈娄②们，

墨西哥的荷多③们，

加的斯④的萨拉萨⑤们，

塞维利亚⑥的阿比欧⑦们，

马德里的康科⑧们。

葡萄牙的阿德莱达⑨。

全世界的浑蛋，鸽子的刺客，

女人的奴隶，她们梳妆台上的哈巴狗，

———————

① 仙女（Fairy）：美国俚语中指男同性恋者。
② 巴哈娄（Pajaro）：原意为鸟，在古巴有"同性恋者"之意，为贬义。
③ 荷多（Joto）：在墨西哥，Joto这个词的意思是同性恋或女性化。这个词诞生于1910年左右，因为同性恋者被关押在墨西哥城的旧莱昆贝里（Lecumberri）监狱的J牢房中。
④ 加的斯（Cadiz）：西班牙西南部的一座滨海城市，属于安达卢西亚自治区（Andalusia）加的斯省的首府。
⑤ 萨拉萨（Sarasa）：指具有女性气质的男人。
⑥ 塞维利亚（Sevilla）：西班牙安达卢西亚自治区和塞维利亚省的首府。
⑦ 阿比欧（Apio）：指具有女性气质的男人。
⑧ 康科（Canco）：在西班牙语中指女性臀部。
⑨ 阿德莱达（Adelaida）：普通女性名字。

带着粉丝般的狂热在公园里放飞苍蝇

或被埋伏在满是毒药的硬地。

不要有任何怜悯。死亡

从你们所有人眼中的细流，聚集

在一起，就像泥滩上的灰色花朵。

不要有任何怜悯。小心他们。

让困惑的，纯洁的，

古典的，指定的，祈祷的

把这个酒神节的大门锁上。

而你，美丽的沃尔特·惠特曼，睡在哈德逊河[①]畔，

你的胡须朝着桅杆，你的手掌挖开

软黏土或白雪，你的舌头正召唤着

同人们守候你那没有身躯的瞪羚。

睡吧，这里一无所有。

墙壁之舞在大草原上摇摆

而美国沉溺在机器和哭声中。

让半夜坚硬的空气

将你睡的拱门中的一切花朵与信件一扫而空

让小黑男孩向黄金的白人宣布

麦穗统治的到来。

---

① 哈德逊河（Hudson River）：美国纽约州的一条河流。

水上公园

为杰克·斯派赛而译

绿色的小舟

在蓝水中捕鱼

海鸥围绕着码头

呼唤它们的饥饿

风从西边吹起

宛如欲望的消逝

两个男孩在海滩上又玩

又笑

他们笨拙的腿在湿沙上

投下阴影

此后,

一条美丽的黑鱼

在小舟上伸张。

森林

为乔·邓恩而译

你要我告诉你
春天的秘密——

我与这个秘密的关系
就如同千根小指

指出千条小路的
高枝丫冷杉。

但我永不会透露,爱人,
因为河缓缓地淌着

我会将它投入我枝条的响动
你凝视的灰色天空。

把我转过来,褐孩子
小心我的松针。

把我转过来,再转过来,
玩耍在爱的井泵边。

这春天的秘密。我多么
希望能告诉你!

书信之三

亲爱的洛尔迦：

我想用实物来创作诗歌。柠檬将作为读者可以切、榨或尝的柠檬——就像拼贴画中的报纸是真正的报纸一样。我希望我诗中的月亮是真正的月亮，它会突然被一片与诗无关的云遮住，完全不受意象的影响。想象描绘现实。我想指出现实，揭示它，写一首没有声音却有一根指头指着某处的诗。

我们俩都试过不依赖于意象（你最初就开始，我只能等我长大到已厌倦将事物联系在一起的时候），与其让事物变得可见，不如以之创造意象（幻想非想象[①]）。在情色的沉思中，或者在更真实的梦想中，创造一个漂亮的男孩是多么容易。给这个男孩穿上我像树木一样司空见惯的蓝色泳衣，然后让他在诗歌中显得像树一般可见，不是作为意象或图像存在，而是成为永远被夹在词语结构中的活物，有多困难。活生生的月亮、活生生的柠檬、活生生的穿着泳衣的男孩。这首诗是现实的拼贴画。

然而，事物腐烂，理智论证。实物渐渐地成为垃圾。那片你涂了虫胶粘贴在画布上的柠檬开始发霉，报纸用被遗忘的俚语讲述着无比古老的事件，男孩成为祖父。是的，但现实中的垃圾仍能延展到当今世界，继而使它的事物变得可见——柠檬喊着柠檬，报纸喊着报纸，男孩喊着男孩。随着事物的腐烂，它们把自己的等价物带到生活中。

[①] 原文为拉丁语。

事物之间没有关联，它们互相对应。这就是为什么诗人能够翻译实物，像跨越时间一样轻松地带它们跨越语言。你在西班牙见过的那棵树是我未能在加州看见的，那颗柠檬味道有异，但答案是如此——随时随地有一个实物对应着你的实物——那颗柠檬能变为这颗柠檬，甚至变成这片海藻或者这片海洋特有的灰色。人无须想象那颗柠檬，反而需要发现它。

连这些信都是如此。它们对应着你写过（也许就像柠檬对应着这片海藻一样不明显）的什么东西（具体是什么我不清楚），反过来，未来的某位诗人也会写出与它们相对应的东西。这就是我们死人之间的通信方式。

爱你的杰克

水仙[①]

为巴兹尔·金[②]而译

可怜的水仙

你朦胧的芳香

和朦胧的河心

我想停留在你的边沿

爱之花

可怜的水仙

涟漪与睡着的鱼

穿过你白色的眼睛

鸣禽与蝴蝶

日本地雷

在你身旁,我如此高大

爱之花

可怜的水仙

青蛙多么清醒

它们不会离开

[①] 水仙(Narcissus):在古希腊神话中指自恋狂、孤芳自赏的人,同时意为水仙花。
[②] 巴兹尔·金(Basil King, 1935—):美国画家和作家。

你我疯狂自映的

一面

可怜的水仙

我的惆怅

我惆怅的自我。

他死于日出

为艾伦·乔伊斯[①]而译

四颗月亮之夜

和一棵单独的树,

载着单独的阴影

和单独的鸟。

我看着自己的身体,

寻找你嘴唇的印迹。

一股溪流毫无抚摸地

轻吻着风。

我手紧握着

你给我的"不"

仿佛某个蜡制的东西

近乎白色的柠檬。

四颗月亮之夜

和一棵单独的树

我的爱,回旋于

针尖处。

[①] 艾伦·乔伊斯(Allen Joyce):斯派赛的友人。斯派赛曾写作《关于惠特曼而致艾伦·乔伊斯的笔记》(*Some Notes on Whitman for Allen Joyce*)。

恐怖当下之歌

为乔·莱苏尔[①]而译

我希望河流从其河床消失

我希望风从其山谷里消失

我希望夜晚在那里没有眼睛

而我的内心没有金花

以致公牛和大叶说起话来

而蚯蚓因暗影而死

以致头颅的牙齿闪闪发光

而枯黄给予丝绸以完整的颜色

我能直视受伤之夜临死时的痛苦

挣扎着,当着正午的面卷曲

我能忍受所有绿毒的日落

和时间遭遇的破烂不堪的霓虹

但是你别让自己洁净的身体像一株

黑仙人掌在灯芯草丛里一般显眼

---

① 乔·莱苏尔(Joe LeSueur, 1924—2001):美国诗人和编剧。

让我走在星团的困苦当中

失去我。但别给我看那块冷却的皮肉。

异地入睡之歌

为埃贝·博雷加德而译

松针落下
如同森林中的斧头。

你能听到它们在
我们睡觉的那个地方粉碎吗?

窗户紧靠着墙
在此地的昏暗中,它们仍旧开着。

(当我早晨遇见你时
我的双手叠满了纸张。)

在五百英里以外
月亮是银质的小斧。

(当我早晨遇见你时
我的眼睛泛满了纸张。)

在这里,墙壁很坚固
它们从不粉碎,仍是确定的。

(当我早晨遇见你时

我的内心装满了纸张。)

在五百英里以外,
星斗是正在破碎的玻璃。

窗户垂落到墙上
我能在毛毯里摸到冷玻璃。

孩子,这张床对你来说太短了。

松针落下
如同森林中的斧头。

你能听到它们在
我们睡觉的那个地方粉碎吗?

书信之四

亲爱的洛尔迦：

当你写完一首诗，它会让你拿它做什么？仅仅是存在就足够快乐了吗？还是它会专横地要求你与某人分享它，就像一个美人的美迫使他找遍世界，就为找到能宣扬这种美的人。你的诗是怎么找到这样的人的？

有些诗很好写。它们会把自己奉献给任何人，任何生理上有能力的人都能感知它们。它们可能很美（我们都写过一些此类的），但它们同时很庸俗。从它们被孕育的那一刻起，它们就用悦耳的声音告诉我们，谢谢你，我们能照顾好自己。我发誓，如果有一首藏在我地毯底下的诗，它会大声叫喊着引诱某人。我所担心的是那些安静的诗——那些必须被诱惑的诗。它们可以陪我一起旅行很多年，也没有人会注意到它们。然而，正式结婚后，它们却比它们那些妓女般的同辈表亲更漂亮。

但我说的是我几乎喘不过气地离开公寓去找个人分享这首诗的第一个夜晚。现在往往一个人都找不着。我的诗友们（十年前我向他们展示过诗歌的那些人）对我的诗和我对他们的诗一样不感兴趣。我们都对已展示过的诗与我们十年前写过，还可以互相学习的诗进行比较（当然是徒劳的）。我们都很有礼貌，但这就好像我们作为反对自己妻子的老熟人，在交换着自己孩子的快照。还是你会更慷慨，加西亚·洛尔迦？

当然，还有年轻人。最近我已经被他们（或者我的诗）所吸引。他们的优点是，他们还没有决定明天要写什么样的诗，总是在寻找你的一些手法来使用。你的，这就是问题所在。你的，不是诗的。他们读一遍这首诗，捕捉你的风格，然后再读一遍，如果他们很漂亮，他们会在诗中寻觅涉及自己的痕迹。仅此而已。我知道。我以前也经常这样做。

当你恋爱时，不会有真正的问题。你爱的人总是对你感兴趣，因为他知道诗歌总是关于他的。因为至少某一天，某首诗会被归结为诗人关于X小姐或Y先生的创作时期。当我恋爱时，我可能不是一个更好的诗人，但我起码是一个远没有那么沮丧的诗人。我的诗有读者。

最后，还有朋友。在我的生活中，只有两个能读我诗歌的人，而其中还有一个很喜欢把它们印出来，这样他就能更好地看它们了。另一个远不像他。

这一切都是为了解释我为何要将我们的每首诗都献给某个人。

爱你的杰克

水仙

为理查德·拉蒙兹[①]而译

孩子,
你如何坚持往河流坠落?

底部有一枝玫瑰
而这枝玫瑰蕴含着另一条河流。

看看那只鸟。看看,
那只黄鸟。

我的双眸已坠入
水中。

我的天,
他们是怎么滑落的!年轻人!

——我本人也在玫瑰之中。

当我迷失在水中时,
我明白了,但不会告诉你。

[①] 理查德·拉蒙兹(Richard Rummonds, 1931—):美国作家、出版商、印刷学家。

死亡男孩之歌

为格雷厄姆·麦金托什而译

在格拉纳达的每天下午
男孩死亡的每天下午
河流平息下来与邻居们
谈天说地的每天下午。

凡是死者都穿着苔藓做的翅膀。
阴天的风和明亮的风
是绕着塔楼飞翔的两只野鸡
而白天是身上有伤口的男孩。

当我在葡萄酒洞穴里遇见你
天空没有一只云雀
当你在河水中下沉时
地球周边也丝毫没有云的碎片。

一股大水漫过群山
而峡谷绕着狗和百合花旋转。
你的身体,带着我手的紫色影子,
死在这片河岸上,一位天使长,寒冷。

九月的颂歌

为唐纳德·艾伦而译

在遥远的夜晚,孩子们歌唱:
> 小河
>
> 和彩色喷泉

孩子们:我们的心何时能过完你的节日回来?

我:当我的词语不再需要我的时候。

孩子们:你把我们留在此地歌颂你夏天的死亡
> 小河
>
> 和彩色喷泉
>
>> 你手持着九月的什么花?

我:血红玫瑰和白色百合花。

孩子们:把它们浸在一首老歌的水里
> 小河
>
> 和彩色喷泉
>
>> 你饥渴的嘴里嚼着什么东西?

我:我的大头骨的味道。

孩子们：快喝一首老歌的善良之水

　　小河

　　和彩色喷泉

　　　你为何离你夏天的死亡这么远？

我：我在寻找一位神奇的钟表匠。

孩子们：那你如何能找到诗人的公路呢？

我：喷泉、河流和一首老歌。

孩子们：你走得太远了。

我：我是走得太远了，与我的诗歌相比，与山相比，与鸟相比，都远多了。我想要请基督归还我的童年，带着晒伤、羽毛和一把木剑的熟透了的童年。

孩子们：你把我们留在此地歌颂你的夏天的死亡。

　　你将一去不回。

　　小河

　　和彩色喷泉

　　　你将一去不回。

巴斯特·基顿再一次旅行：续集
为天上的大猫而译

　　巴斯特·基顿（进入一条长长的黑暗走廊）：这应该是73号房间。

　　鸽子：先生，我是鸽子。

　　巴斯特·基顿（从裤子后兜里掏出一本词典）：我听不明白大家在说什么。

　　（无人骑自行车经过。走廊相当安静。）

　　鸽子：我得去浴室。

　　巴斯特·基顿：马上。

　　（两个女清洁工拿着浴巾过来。她们分别给鸽子和巴斯特·基顿一条浴巾。）

　　第一个女清洁工：你凭什么认为人类有嘴唇？

　　第二个女清洁工：我压根没想过这个问题。

　　巴斯特·基顿：不。这里本来应该有三个女清洁工。

　　（他拿出一副棋盘，开始下棋。）

　　鸽子：假设我是一只鸽子，我会爱上你。

　　巴斯特·基顿（咬着棋盘）：我小时候因为没有向警方提供信息而被关进了监狱。

　　第三个女清洁工：是的。

　　巴斯特·基顿：我不信天主教。

　　鸽子：你不信上帝死了？

　　巴斯特·基顿（哭着）：不信。

　　（四个西班牙舞蹈家进来。他们大都是男性。）

第一个西班牙舞蹈家：我何苦带来了一本小杂志。

第四个女清洁工：哎呀！

（巴斯特·基顿忘了他的礼貌，皈依天主教。他做弥撒，念诵圣母玛利亚，接着向房间里的所有警察分发念珠。他的脚被钉在十字架上。）

圣母玛利亚（突然进来）：巴斯特·基顿你把车撞坏了。

巴斯特·基顿：没有。

（酒伪装成蟑螂进来。它是蓝色的。它悄悄地爬上巴斯特·基顿的腿。）

巴斯特·基顿：没有。

（酒和圣母玛利亚表演舞蹈。他们两个似乎是情人。）

巴斯特·基顿：你们俩我在罗克兰①都见不到。我不打算去罗克兰。

（他拿起棋盘并创造新的文字。）

圣母玛利亚：圣母玛利亚，在我们死亡的这一刻，为我们这些罪人祈祷。

酒：达达做得像达达一样。

圣母玛利亚：做过（她落在一件蓝色礼服上）。

巴斯特·基顿：我真好奇，除了爱之外，宇宙中还有什么？

（突然间，在落幕前的最后一个可能的时刻，有人亲吻圣母玛利亚、巴斯特·基顿及其他人。）

酒：如果我不是音痴，我就会唱歌。

---

① 罗克兰（Rockland）：美国缅因州诺克斯县的一个城镇。

巴斯特·基顿（悲伤地）：我宣告一个新的世界。

（三个假扮女清洁工的文学评论家拉下帷幕。巴斯特·基顿流着血从幕后闯出来。他手拿着一颗新鲜石榴站在舞台中央。）

巴斯特·基顿（更加悲伤）：我宣布俄耳甫斯[①]之死。

（大家进来。警察、女服务员和艾琳·塔文尔[②]。他们表演一种复杂的象征性舞蹈。酒在每个舞者的腿上啃噬。）

巴斯特·基顿（大量出血）：我爱你。我爱你。（最后，他将流血的石榴从心中扔出来。）不是开玩笑的，我爱你。

圣母玛利亚（将他搂在她怀里）：你把车撞坏了。

（花里胡哨的蓝色帷幕，像海鸥的嘴巴一样安静而生动，将一切覆盖。）

[①] 俄耳甫斯（Orpheus）：古希腊神话中著名的诗人和歌手。
[②] 艾琳·塔文尔（Irene Tavener）：身份不明。

逃离之歌

为纳特·哈尔登[①]译

我沿着海边迷路过很多次

带着我装满新剪的花的耳朵

带着我充满爱意和痛楚的舌头

我沿着海边迷路过很多次

仿若我在有些男孩的心底迷失自我。

在任何一个相吻的夜晚,人们

都能感受到那些无名之人的微笑

在触摸刚降生的某个东西时,没有人

能全然忘记马静止不动的头颅。

因为玫瑰始终在前沿

探寻骨头的坚硬景色

而人手,除了貌似生长在

麦田下面的根,没有任何目标。

就像我在有些男孩的心底迷失自我

我沿着海边迷路过很多次

我在浩瀚的水边徘徊,寻找着

那些曾试图使我完整的生命的结尾。

[①] 纳特·哈尔登(Nat Harden):斯派赛在伯克利的朋友山姆·哈尔登(Sam Harden)的儿子,此时三四岁。

维纳斯

为安·西蒙①而译

死去的女孩
在缠绕床榻的外壳中
脱下微风和花卉
并涌向永恒的光。

世界已落后于
棉絮和阴影的百合花。
它胆怯地从镜子里张望
看着那条无尽的通道。

死去的女孩
被爱从里面吃光了。
在刚毅的海水泡沫中
她落下了自己的头发。

---

① 安·西蒙（Ann Simon）：演员，曾与埃里克·韦尔一起参演罗伯特·邓肯的戏剧《美狄亚·第二部分》(*Medea Part II*)。

13号星期五

为威尔·霍尔瑟[①]而译

咽喉底部有一台小机器
它使我们能说任何话。
它下面是红的、蓝的
和绿的地毯。
我说肉体不是青草。
它是内部除了一台小机器
和巨大而暗淡的地毯之外
一无所有的房子。

[①] 威尔·霍尔瑟(Will Holther):加利福尼亚大学伯克利分校教授。

两扇窗户之歌

为詹姆斯·布洛顿[①]而译

微风、窗户、月亮

(我为天空敞开窗户)

微风、窗户、月亮

(我为地球敞开窗户)

然后

从天上

降落两个女孩的声音。

在我镜子的中央

女孩正淹溺

女孩的单独声音。

她像捧着杯子一般捧着冷火

她注视的每一个物体

已成双。

冷火如是

冷火如是。

在我镜子中央

女孩正淹溺

女孩的单独声音。

[①] 詹姆斯·布洛顿(James Broughton, 1913—1999),美国诗人和电影制片人。

夜色的枝丫

穿我窗户而过

一根长大的、戴着

水手镯的黑暗枝丫

正在蓝色镜子之后

有人沿着时钟道

淹溺受伤的

瞬息。

我将头伸出窗外,看到一股风正准备把它割断。在那无形的断头台上,我已安置好我众多欲望的没有眼睛的头,随着风变成一朵气体之花,柠檬的芳香填满所有瞬息。

水的女孩

死于泳池

她将地球放到一边不管

像一个熟透的苹果

从头到脚,缓缓坠落

一条鱼轻柔地呼唤着穿过她

微风低语,"亲爱的"

但无法将她唤醒

泳池松垮地抓着

里面某物的骑手

在空中,它灰色的

乳头随着蛙群颤动。

上帝,我们向您致敬。我们

将向水之女神付款

缘于泳池里的女孩

死在涟漪之下。

不久,我把两个小葫芦

放在她身旁

因为它们会漂浮,

对,连在水中也会。

书信之五

亲爱的洛尔迦：

对纯粹诗歌而言，孤独是必要的。当有人闯入诗人的生活时（任何突如其来的个人接触，无论是在床上还是在心里，都是一种入侵），诗人会暂时失去平衡，瞬间抓住自我，像利用金钱或同情一样利用他的诗歌。写诗的人踌躇不决地出现，就像一只破壳而出的寄居蟹。在那一瞬间，诗人不再是一个死人。

举例来说，我写给你的关于声音的最后一封信，我当时实在无法完成。你就仿佛成了一个住在遥远城市的、我突然无法正常通信的朋友，不是因为我的生活构架发生了变化，而是因为我突然、暂时地不再属于我的人生构架了。那时，我不能告诉你这一点，因为我和这种情况都是短暂的。

甚至物体也发生了改变。海鸥、海洋的绿色、鱼类——它们都变成可以用来交换微笑或交谈声的东西——筹码，并不仅是物体。除了个人的弥天大谎——这些物体都不相信的谎言，什么都没有意义。

那一刻，我说道，可能只持续一分钟、一晚，或者一个月，但我向你保证，加西亚·洛尔迦，孤独感势必会回来。诗人把入侵者包裹起来。物体，沉默着，毫无笑意地回到各自的位置上。我又开始给你写一封关于诗律的信。这种直接的事情，这种个人的历险，不会像波浪和鸟儿一样，被转移到诗歌中，最好的情况是，它在某些诗歌中以可爱裂缝的形式出现，虽然这些诗歌的自传已被粉碎，但表面并未被完全破坏。而被包裹起来的情感本身也会成为一种物体，像波浪和鸟儿一样，最终被转移到诗歌中。

我将再次成为你们的特殊同志。

爱你的杰克

月亮与死亡女士

为海伦·亚当[①]而译

月亮有大理石牙齿

她长得多么老,多么凄凉!

那里有一条干河

那里有一座上无草木的丘陵

而干河边有一棵

枯萎的橡树。

死亡女士,皱巴巴的,

紧跟在一群脆弱的

鬼魂后面

寻觅着风俗。

枯萎的橡树附近

干河附近

有一个没有号角的集市

和用阴影制成的帐篷。

她卖给它们用蜡和酷刑

制成的干漆,

既邪恶又歪曲

[①] 海伦·亚当(Helen Adam,1909—1993):来自苏格兰的旧金山文艺复兴派女诗人、拼贴画家、摄影师。

宛如故事中的巫婆。

那里有一条干河

那里有一座上无草木的丘陵

而干河边有一棵

枯萎的橡树。

月亮投掷的

金钱

被抛过黑色空气。

枯萎的橡树附近

干河附近

有一个没有号角的集市

和用阴影制成的帐篷。

下午

为约翰·巴罗[①]而译

天空与下午搭起话来。

"现在1点36分。一朵乌云

刚穿过一朵白云。

十三艘空舟

和一只海鸥。"

海湾与下午搭起话来。

"西北风以每小时

九英里的速度刮着

我和内心湿沙色的海洋

彼此相爱。

在1点37分

十三艘空舟

和一只海鸥。"

下午问起海洋:

"人为何会死?"

"现在1点37分

十三艘空舟

和一只海鸥。"

[①] 约翰·巴罗(John Barrow):身份不明。

书信之六

亲爱的洛尔迦:

这是最后一封信。我们之间的联系,曾经随着盛夏而消逝,现在终究断了。我对我人生中的事物深感愤怒和不满,而你,一个无形但仍具感染力的灵魂,回到了印刷的书页上。这种与加西亚·洛尔迦幽灵的亲密交流已经结束了,现在我想知道这到底为什么会发生。

我对自己高喊,这是一场游戏。一场游戏。没有天使,没有幽灵,甚至没有阴影。这是一个由夏天、自由和一种对诗歌的需要组成的游戏,这种诗歌将超越我对仇恨和欲望的表达。这是一场游戏,就像叶芝[①]的幽魂或布莱克[②]无性别的六翼天使。

然而,它就在那里。诗歌就在那里,记忆不是关于幻象,而是涉及与一个平淡无奇的幽灵的一种偶然的友谊,它偶尔透视我的眼睛,对我低语,在当时并不比我的其他朋友更重要,但现在它通过失踪实现了一种不同层次的现实。今天,我独自一人,我好像失去了一双眼睛和一个爱人。

我在想,真实的东西会持续下去。坡[③]的机械棋手无非是一种奇迹,因为里面有一个人,而当那个人离开时,他曾下

[①] 叶芝 (Yeats): 指威廉·巴特勒·叶芝 (William Butler Yeats, 1865—1939),爱尔兰诗人、剧作家和散文家,爱尔兰文艺复兴运动的领袖。
[②] 布莱克 (Blake): 指威廉·布莱克 (William Blake, 1757—1827),英国浪漫主义诗人和版画家。
[③] 坡 (Poe): 指埃德加·爱伦·坡 (Edgar Allan Poe, 1809—1849),美国作家、诗人、编辑、文学评论家,美国浪漫主义文学的中心人物。

过的棋局也同样美妙。当然，这种类比是错误的，但它对我们每个人都是一种承诺和警告。

现在是十月。夏天已结束了。几乎所有创作这些诗歌的时光痕迹都被抹去了。只有解释，只有遗憾才是可能的。

跟幽灵告别比跟爱人告别更加绝决。即使是死人也会回来，但是一个幽灵，一旦曾经爱过，离开了就再也不会出现了。

爱你的杰克

雷达

为玛丽安·摩尔[①]而写的附言

无人能明确知道
天上的云长什么样
或它们底下的山岳的形状
或鱼游行的方向。
无人能明确知道。
眼珠嫉妒所有动弹的事物
而心被深埋在沙子里
深得说不出话来。

它们要去旅游
那些深蓝色的生物
像阳光一样从我们身边经过
看看
那些鱼鳍、那些闭上的眼睛
热爱着最后的每一滴海水。

当晚我悲伤地爬上床
未能摸到他的手指。看到
水花飞溅

---

① 玛丽安·摩尔（Marianne Moore, 1887—1972）：美国现代主义女诗人、评论家、翻译家和编辑。

云朵嘈杂的动作

驼背的山岳

在沙丘边缘往深处移动。

1958 音乐之书
(附杰克·斯派赛之语)

有关坡①之名言的即兴诗

"不确定性是真正音乐的一种成分。"

其伟大的和音从未曾

屈服于定义。一只海鸥

独自在码头叫到喑哑,

周围没有鱼,没有其他海鸥,

没有海洋。毫无含义

恰似一只法国号角。

这甚至不是交响乐团。和音

独自在码头盘旋。这伟大的和音

从未屈服于定义。没有鱼

没有其他海鸥,没有海洋——真正的

音乐。

---

① 指埃德加·爱伦·坡。

情人节贺卡

无用的情人节贺卡

胜过

别的一切。

就像诗中某些含蓄的

意味。

带上你所有的情人节贺卡

我也带上我的。

剩下的胜过

任何一张图画。

大合唱

荒唐的是

三把小提琴之间的休止

能够威胁到我们所有的诗歌。

我们挤在一起,就像野餐中的

童子军。传来一声尖叫。

雨中带有威胁。恐怖的那一瞬。

奇怪的是我们所有的信念

都消失殆尽。

奥菲欧[①]

利如俄耳甫斯之箭

指引他的音乐下行。

地狱就在那里

在海崖底部。

这种音乐

治不了什么。

欧律狄刻

是一只军舰鸟或一块岩石或一片海藻。

召唤不了什么

那地狱般的

是地平线上一摊湿滑的水。

地狱就是如此:

除了对盐之广阔的永恒凝视

什么都没有

除了某人的音乐

没有别的可睡之床。

[①] 奥菲欧(Orfeo):即俄耳甫斯,希腊神话中的一位音乐家,因高超的音乐能力及为救仙女欧律狄刻(Eurydice)下地狱的故事而闻名。

囚徒之歌

我体内的一切都逃不出我。

是一只雄鹰扑向

黑鸟的声音

还是一只猫头鹰的哀鸣。

我体内的一切都逃不出我。

每个岔口都已关闭

我

附和它们喉中的每一支歌曲

吼叫每一个声音。

丛林战事

城镇并不大

几间泥屋和一座教堂尖塔。

他们是同样的叶子

同样的青草

同样在树林边沿深藏的鸟。

我们等着有人出来投降

但他们只是敲击了他们教堂的大钟

然而我们

我们并未因怕死或某种死法而畏缩

我们害怕的是同样混浊的子弹,同样恐怖的爱。

受难日：因为交响乐团缺席

我看到一只无头的雌骡

冒雨跑过

她皮毛上有棋盘般的花纹

鬐甲平直又漆黑

"告诉我，"我问道

"巴比伦

在何处？"

"不，"她吼道

"巴比伦是几块刻有

几个字眼的烧砖。

你无法听到它们。我正在

奔向世界的尽头。"

她跑得

犹如一只绿紫相间的鹦鹉，从沙地

呼啸而过。

哑剧演员

这个词①是模仿

保姆们用来吓唬或逗乐小孩

同时装作

捂住他们脸庞的

铃和唧之类的声音。

理解还不足够

老海鸥死了。有一整支海鸥大军

在它羽翼下等候

一整支海鸥大军。

---

① 指mummer（哑剧演员）这个词。

牌手

月亮被系在他们

手里的几根弦上。牌手们

僵硬地坐着,僧侣式地

移动他们的手,只为了

玩牌。

这并非隐喻的把戏

每根指头是真的指头

每张牌是真的纸牌,每一种自由

没有依附的意识。

月亮被系在几根弦上。

     那些牌手

僵硬,毫无

动静。

鬼魂之歌

有

  能去爱

无能

  去爱

在于爱

  （正如所有小动物爬进斜坡上的灌木丛

  以躲避山羊和凶恶的老虎）

这种无能

无能

  （告诉我为何在闪电击中嫩枝和枯枝时

  没有白色火焰从地面上升起）

爱之中。爱之中。爱之中。这种

无 -

  能

  （仿佛群山彻底消失而

  没人想要躲避崩塌）

有小号的军队海滩

与我们的身体相比,黄沙
更能表明我们正处于某物的
极限边沿。两个抓不住球的
男孩在潮湿的边沿上
嬉闹。
或者,如若那东西消失时
没有像海浪一般从每个暖海里
倾倒在我们身上。
在边沿嬉戏,如没心没肺的
足球一般下坠
我们将其称为运动。

桌椅二重唱

话语从我们嘴里滑落的声音
比一切
都微不足道
但这把椅子
　　　　　这张桌子
　　　　　　　　　却有名字
假定有身份
　　　　　　　　各得其所
几乎像某种乐曲。
话语使事物命名
　　　　　　自己
使桌子抱怨
　　　　　　　我
在上帝交响乐中是张桌子
使椅子演唱
一支关于那些从不坐在它上面的人的短歌
而在
同一曲子中的我们
几乎像家具一样易于移位
我们
从自己嘴中获知我们的名字
在演唱到同一首曲子的中间时
为自己命名。

密谋

追随着我的一把小提琴

在多少偏远城市,它们倾听
它的令人目瞪口呆的音乐?这种
令人目瞪口呆的音乐?
无人不在演奏它。

它追随我,犹如我之仇敌。

啊,我的心将比从令人目瞪口呆的
音乐中挣脱死得更早。住在
其他那些城市的他们
他们的心,将会死得更早。

它追随我,犹如我之仇敌。

或者,它是长在我嗓子后的一棵树
如果我转身够快,就能看到
扎根的、永恒的、邻近的
音乐。

音乐之书

临近结局,恋人们

倦如两个泳者。它在何处

结束?无从知晓。没有爱了,

就好比一片海洋,有着令人晕眩的边界

两人可精疲力竭地从中泅出,也不会如死亡般

长别。

临近结局。我想,更像

一根卷曲的绳子

它不在它绵长的最后弯折处

掩饰它的末端。

可是,你会说,我们相爱过

我们的某些部分也相爱过

残余的我们将继续

作为两个个体。是的,

诗歌结束,像绳子一般。

1958

比利小子

比利小子（Billy the Kid，1859—1881）：19世纪末美国西部的一名枪手和偷牛贼。在他死后的几十年里，关于他幸存下来的传说越来越多，许多人声称见到过他。他的生平和肖像经常在西方流行文化中被戏剧化。

1

那台告知我比利小子死讯的收音机
（那天，一个夏日，空中有很多鸟）
让我们伪造一条边境——在一首能让人藏匿其中的诗中，一位警长在后面追着他——如果有必要是一千英里，那就一千英里——这首诗没有艰难的角落，没有让人迷失的房子，没有惯常魔法的掩护，没有穿着紫水晶睡衣的纽约犹太推销员，只有比利小子开枪杀人时可以藏身的地方。
扭曲的花园和风景优美的铁路。那台
告知我比利小子死讯的收音机
那是夏日的一天。夏日，路上尘土飞扬。通向某个地方的路。你几乎可以看到它们越过地平线的深紫色之后去了哪里。而连鸟儿都不知道它们要去哪里。
这首诗。那么远，谁能认出他的脸。

2

一小片金叶看起来像地狱之花
一张平整的包装纸，已经皱了，但
　　又用手将它弄皱，然后用电熨斗把它熨平
一幅画

告诉我比利小子之死。

拼贴画绑定

真实之物

它那单调的色彩

告诉我们,什么样的英雄

      会真的到来。

不,它并非一幅拼贴画。地狱之花

从英雄之手跌落

    从我们所有手中跌落

      平整

就好像我们从没有将他们包括在内。

他的枪

  射不出真子弹

     他的死

是事实,并不重要。

在那些单调的色彩里

木已成舟

并非拼贴画

一种捆绑,与一段

记忆。

3

河边什么也没有

除了干草和棉花糖。

"阿利亚,"我对他说,"阿利亚,

有人想让我们喝这条河的水,

有人想让我们口渴。"

"孩子,"他说,"没有河

想要诱捕男人。这里没有恶意。试着

去理解。"

我们站在小河边,阿利亚脱下他的衬衫,

  我也脱下衬衫

我从来都不是真实的。阿利亚从来都不是真实的。

包括那棵大棉花树,包括那片土地。

包括那条小河。

4

我的意思是

我

将会告诉你那种痛苦

它是一种长长的痛苦

大约与窗帘一样宽

但如广袤旷野

一样长。

圣——

  痕

三个弹孔在腹股沟

一个在头上

跳舞
就在左眉下方
我的意思是,我
将会告诉你,他的
痛苦。

5

比利小子在只有一抹月光的一片白杨林中,
他的影子与它们的影子
　　很好地区分了开来
就像感知一样
　　微妙
没人会拿走他的枪,也没人会涂抹掉
它们的影子

6

枪
一条错误的线索
　　　　　　　没有什么可以杀死
任何人。
诗和肥大的阴茎都不能。砰
砰,砰。一条错误的
线索。

永生也非（尽管我的脑海中会同时浮现比利小子般必死的某人，或者他扔进垃圾堆里的生锈的或在纽约博物馆闪闪发光的枪）

错误的线索

没有什么

可以杀死任何人。你的枪，比利，

以及你的　鲜活的

脸。

7

蝗虫成群结队地穿过沙漠。

沙漠之中

只有蝗虫。

瓜达卢佩

圣母①

让我的视线清晰

让我的呼吸纯净

让我强壮的手臂更强壮，让我的手指更紧。

瓜达卢佩圣母，很多人的

爱人　使

我报复

他们。

---

① 罗马天主教为圣母玛利亚封的头衔。

8

回到诗歌,是圣母

观察玩家

每个从甲板上取牌的动作的地方。

方块十。黑桃J。梅花

皇后。红心国王。上帝

给了我们一张王牌,让我们活着为不知情的人写诗或用枪射杀他们。

我们的圣母

像为记忆而站立的一位舞伴。

跳舞吗,我们的圣母,

死亡和意外?

比利想邀你跳舞

比利会射掉你的鞋跟,如果你不愿跳舞

比利

死了也要 找

乐子。

9

心碎

成了很多小阴影

如此随意

他们毫无意义

像一张方块

在它的中心,又有一颗钻石

或一块石头

轻轻摇摆。

因为害怕

爱坦诚地问道——

在骨头回答胳膊里的骨头

或影子看到影子之外

我再也想不起来了

是什么让我来到这里——

我们在船里驶向死亡

好像一个人在一个小湖里

划独木舟

那里的湖岸

什么都没有,除了松枝——

我们在船里驶向死亡

心碎或身残

选择是真实的。方块。我

要了。

10

比利小子

我爱你

比利小子

你说什么我都支持

这里有沙漠

还有河口

比利小子

（虽然你的死提示我）

腹股沟有蜂蜜

比利

致詹姆斯·亚历山大的信

1958—1959

詹姆斯·亚历山大（James Alexander，1914—1961）：美国演员，斯派赛的缪斯之一。1914年出生于印第安纳州，直到38岁才开始演艺事业，出演电影较少。其处女作是1952年的电影《杰克与豆茎》(*Jack and the Beanstalk*)。后来的作品包括《地狱港》(*Port of Hell*，1954)、《红宝石山的宝藏》(*Treasure of Ruby Hills*，1955)、《拉斯维加斯惊魂》(*Las Vegas Shakedown*，1955) 和《夜间货运》(*Night Freight*，1955)。1961年于加利福尼亚州洛杉矶去世。

1

韦恩堡，印第安纳州，是氮之都。条条道路止于此处。无公交车到达，除了那些取道地铁路线运送直邮信件或黑人货物的巴士。世上从未有过拥有那么多支路的城市。

你能远远望见特洛伊[①]和纽约。

冬天，圣诞诗和情侣的冬青树枝，以及火鸡馅料、记忆派和一闪而过的天使洒下的小水滴，都在这边生长。这里没有飞机。

韦恩堡，印第安纳州，有工业、高尔夫球赛事和一片片倒塌的房屋。它建于高地，上面是一片完全化开的泥沼。

当一天结束时，一群看似海鸥或鸬鹚的鸟，在它人造的天空中，停止了鸣叫。晚上，它们看起来像大象。它们盘旋时，人们会用望远镜观察它们。

在韦恩堡，印第安纳州，树木日渐枯萎，你能在潮湿的雪地上发现一些脚印。人们带着他们的摩托车上床。

回加州来，回加州来——每个制图员，每个制图员，都向詹姆斯·亚历山大恳求。

"麻雀冬天以什么为食？"我曾在明尼阿波利斯[②]问过一个人。他答道："如果能觅到，它们吃马粪。"

有好几英亩寒雪。

爱你，
杰克

[①] 特洛伊（Troy）：美国纽约州伦斯勒县的一座城市，距离韦恩堡1186公里。
[②] 明尼阿波利斯（Minneapolis）：美国明尼苏达州最大的城市。

2

当詹姆斯·亚历山大返回加州,火车失去了平衡,公交车则一屁股坐下来舔舐它们受了伤的轮子。

可怜的飞机从机翼上滴下汗珠,小汽车则哞哞地叫了几声,仿佛它们不完全确信自己是机械制成的。

回到加州,詹姆斯·亚历山大与另一个存在于宇宙的诗人提出了一系列真命题:

  诗可单独爱诗

  诗们相隔老远的距离

互相呼喊

  诗人们,作为杂种之父,彼此

相爱,就像杂种之父看到他们的孩子一起玩耍时一样

  诗们相隔老远的距离

一起玩耍

从前,单身汉读诗是违法的。

当詹姆斯·亚历山大返回加州,他们在伯克利山①的冰冷岩石上一起采蘑菇。

他们发明了一种游戏,比桥牌、国际象棋、用口香糖和粉笔及一张普通包装纸来玩的足球,稍微复杂一些。

他们让人完全辨不出上帝了。

手拉着手,他们走过每条能走的街道,天使为他们指路。

---

① 伯克利山(Berkeley Hills):加利福尼亚州靠近太平洋的山脉的一部分。

他们清空了当代参考文献史。

他们写的诗，必须在一个巨大的操场上从远处观看。他们的孩子分开了词语。

发现这些孩子的学者，在痛苦中死去。

大拇指对大拇指，每根大拇指都曾是宇宙的中心。

为了达到自己的目的，他们伪造出了兰波《狩猎灵魂》[①]的手稿。神奇的是，它是用英文写的。

他们发现他们拥有一种嗓音

我们将发现我们拥有一种嗓音

我希望我们将发现我们拥有一种嗓音。

爱你，
杰克

[①] 《狩猎灵魂》(*La Chasse Spirituelle*)：阿蒂尔·兰波散佚的散文诗之一，1949年帕斯卡尔·皮亚（Pascal Pia）被指控伪造了该文本。

3

亲爱的詹姆斯,

我不知道这世界能否容下这样一家邮局：如果你不错误地假定它们在一个固定的地方（比如月亮），如果你不被它们不断的变化所迷惑，你就会经常遇到它们。

这很像采蘑菇。它们生长在特定地方，你永远无法确定下一场雨后它们会生长在哪里，但如果你知道它们在哪里不会生长，就不要去那里。当然，除非它们明确告诉你。

书信、诗歌、接吻（因为邮局原来的游戏，卡在了童年的神秘区域中）由效率极低的系统引导，直至诗之源头，再返回本应收到这些书信、诗歌和爱情的那些创造者身上。这与空运迥然不同。

另外，几乎没法列出它们投递信件的随机地点。一盒小麦片，一条醉后发出的评论，一大张纸，一片在仅作为威胁或交流形式时才有意义的阴影，一截咽喉。

相信它们，但也要服从那些告诉你何时相信或何时服从他们的邮局工作人员。

如果你没有钱付汇款单，为什么不把当票寄给我（我手头的钱足以维持几个月）？而我给你寄回与一块表和一台打字机等值的当票。真正的当票是书信。

爱你,
杰克

4

亲爱的詹姆斯，

我去了邓肯和杰斯的"星期五"[①]，给他们读信。

他们的房子主要是用"奥兹国"书系[②]、一个烧柴的炉、供客人使用的二楼、绘画、诗歌和各种各样的魔法物品建造的。有猫。这是一个让我（我们）自豪地阅读信件的地方。这是一个邮局。我没有意识到一个人在邮局里是多么孤单。以前我只是寄信，然后期盼回音。

如果你能谦逊地创建一个家庭，也足够智慧，在所有坏魔法刚冒头时就将它们踩灭，那么你也可以创造一个"邮局"。它就像圣诞节一样顺理成章。

深夜（我们喝了一加仑酒，谈论着那些必须包含在我们诗歌中的世界——邓肯要我把信寄给克里利，因为他说，克里利需要这些信——我抱着乔治·麦克唐纳[③]的《莉莉丝》[④]上楼睡觉）。我想尿尿，然后走下外面的楼梯，看到（或者说是"听到"，但我想我"看到"了）大海和无月的星空，它们使

[①] "星期五"（Friday）：本意是指二战后至20世纪50年代的大部分时间，旧金山老一辈诗人领袖肯尼斯·雷克斯罗斯（Kenneth Rexroth）在自己家里定期举办"星期五沙龙"（The Fridays）。这里借指邓肯和杰斯组织的家庭沙龙，但暗含与雷克斯罗斯分庭抗礼之意。
[②] "奥兹国"书系（Oz Books）：20世纪初由作家L.弗兰克·鲍姆（L. Frank Baum）创作的以《绿野仙踪》为开端的系列丛书。
[③] 乔治·麦克唐纳（George MacDonald, 1824—1905）：苏格兰作家、诗人、基督教牧师，以其凄美的童话和奇幻小说闻名。
[④] 《莉莉丝》（Lilith）：乔治·麦克唐纳的奇幻小说，首次出版于1895年。

我第一次明白无限发光的天空之大。当我倾洒完最后一滴酒和话意时,它们似乎也成了邮局的一部分。

　　我向你保证——如果你回到加州,我会带你去看它们寄信的地方——所有东西,包括诗歌和海洋。那些无形的一切[①]

爱你,
杰克

[①] 此处原文无句号。

5

诗人们头顶上相互呼唤的,不是自然的单调,而是超越自然的诗歌。诗人们的头脑是自然的一部分。不是由我们来精确划定自然的界限。而是由诗歌来精确划定自然的界限。因为它们对自然界限、对我们的头脑具有致命的吸引力。

我们宣扬一场无声的革命。我们头脑中缺乏语言的诗歌,疲于透过我们含混不清的信念、我们的文学个性、我们向受众展现它们无声对话的尝试而互相交流。当我们给予语言时,我们在作说明。我们是电话总机,因被骗而成为高保真音响。必须让那些可怕的扬声器安静下来。它们不跟我们说话。

那么,谈革命关我们什么事——我们是诗人们的头,一个叫杰克,而另一个叫詹姆斯[1],远处的三个分别叫埃比[2]、查尔斯[3]和罗伯特[4]?这是因为我们作为它们的受害者,作为它们的喉舌,必须学会如何成为彻底的受害者,学会完全成为他们嘴巴的组成部分。我们必须明白,我们的嘴唇并不属于我们自己。革命是野蛮的教育。

有些人谈论诗歌,就好比疲惫的保险业务员谈论棒球。他们必须被我们的沉默摧毁。连对他们的憎恨也能将我们的诗歌中持续下去的对话打断。连提及他们都会让人觉得是我在说话,从而陷入他们就是真理的悖论。

我们不为彼此而写作。我们是暴躁的收音机(但是科克

---

[1] 詹姆斯(James):即旧金山诗人詹姆斯·布劳顿(James Broughton)。
[2] 埃比(Ebbe):即旧金山诗人埃比·博尔加德(Ebbe Borregaard)。
[3] 查尔斯(Charles):即黑山派诗人领袖查尔斯·奥尔森。
[4] 罗伯特(Robert):即旧金山诗人罗伯特·邓肯。

托的第一部《俄耳甫斯》①里墙上会说话的马头的形象更真实），但我们的诗歌却为彼此而写作，怀着它们自己的目的。这些目的无疑不比我们的神秘。而且，我们的嘴唇也不属于我们。它们属于诗人们的头脑。它们应为革命而呐喊。

爱你，
杰克

---

① 《俄耳甫斯》（*Orpheus*）：法国作家、画家、导演让·科克托（Jean Cocteau, 1889—1963）于 1950 年执导的超现实主义影片，其主人公俄耳甫斯收听无序的消息并把它们理解为伟大诗歌。

6

亲爱的詹姆斯,

晴空万里,阳光普照,仿佛云朵和月亮从未被发明。此刻,我躺在加州大学的草坪上,从前的蓄奴州现在看起来竟然特别慈眉善目。我已经好几个星期没收到你的来信了。

我把它们(你的和我的信)都读给了上周三聚会的诗人们听。埃比很生气,因为他认为信就应该是信(除非它们是散文),诗就应该是诗(一只黑蝴蝶刚从我腿边飞过),个人和非个人的世界应当井然有序。乔治·斯坦利认为我是在通过抢掠吉姆来偿还詹姆斯。他们说的话都很动听。

万物绝不会在这样的春天里消亡[除非世上的老人为了外交照会中是否称"东德"为"东德"的问题而自杀(我们的自杀)],而这个炎热二月里的每片叶子和每朵花都要求我记住这一点。虽然春天在诗歌的另一边,但感谢创造了这两者的,是春天。我不敢肯定,在这样的日子里,生与死的世界里有没有类似于诗歌的东西。每朵花和每片叶子(注意读法)既不是詹姆斯,也不是吉姆。

万物绝不会在这样的春天里消亡,然而当我闭上眼睛或开始写诗时,你的沉默(因为春天自称云朵和月亮是存在的)让我胆战心惊。

我希望你现在和我就在这片草地上,与我一起,就像这春天里的叶子、花朵和草一样。像吉姆和詹姆斯。

爱你,
杰克

7

亲爱的詹姆斯，

我所寻到的唯一退休之所，是你的手表。我并没用树皮来遮掩它，它一点也不漂亮，我已经两年没有戴过手表了，但我会跟它说话（主要是关于你和被佩戴在你手腕上的感觉），我不时花几秒去看它的秒针磕磕巴巴（又绿，又紧张），确实如此，从各方面考虑，它是如树木或花朵或树皮掩盖的桌子一般的自然物。就像邮局。

我说什么，手表就相信什么。"世界上有两种地方，"它要我告诉你，"当铺和邮局。"你会发现很难对它进行再教育。

我也不喜欢自己的诗。上周三我读了一首诗歌新作，几乎没人说什么，我问为什么，邓肯说因为这是一首杰克·斯派赛的好诗，我把诗扔进了垃圾袋，而没有撕碎它，是因为这是一首杰克·斯派赛的好诗。手表一直在我手腕上嘀嗒作响，这不是杰克·斯派赛的手表，永远也不会是杰克·斯派赛的手表，而诗歌恰恰应该如此。

这更像一个通灵者（名副其实的通灵者）得到了一个幽灵，称它小夏娃，以便操控它。很快，用了几次以后，她就会预知小夏娃打算说些什么，于是开始代替她说话。这不再是一场降神会，而完全是个骗局，该召唤另一个幽灵了。

这就是你的手表告诉我的。是时候换幽灵了！

我不知道你的桌子告诉了你什么，但如果你回到加州，我们可以安排一次互利的幽灵交换。

爱你，
杰克

8

亲爱的詹姆斯,

这封信纯粹由另一个杰克撰写,那是一个忐忑不安的,用同一个信封寄、收信件的家伙。之前给你写所有信的另一个杰克,对邮局的变换疑惑不解。我这个杰克,却更务实并且好奇:

(A) 你是否在上个月31号、1号的信函之前,收到过他寄的最后一封信(关于手表、邮局与当铺的对峙和幽灵交易等)? 还是根本没有?

(B) 是否有人读了他的信后直接销毁,因为如果是的话,别这么做,因为正如诗歌对现实世界无害一样,它们对现实世界也是无害的。至少目前如此。

或(C)什么?

他,另一个杰克,兴许在睡呢。有时候我恨死他了。

鉴于(B),他(这纯粹是我的推测)正从一本想象中的小杂志的地址寄这封信。我们俩都仍然维系着各自的地址。

爱你(就我也能说的而言),

杰克

9

无论镜子里反射的是什么,无论里面是否有蓝苹果、兰波,甚至是属于它或可以说是被囚禁在它表面的死亡中的愤怒白光,镜子都不会轻易破裂。这是爱丽丝[①]隐秘的耐心,她与她的猫玩耍,等待着她与镜像之间的某物化为乌有。这是孩子们隐秘的耐心。

当你勇敢地冲向镜子大喊"这也是我的宇宙"时,你可能只会碰一鼻子灰。镜面不会容忍暴力。即使这些信件是我们的镜子,而我们被单独囚禁在它们深处。

所以,正是(这个没有耐心的艺术家的暴力)让我一直试图把这些信的轮廓写到位,只是因为我要将它们读给一群蠢货和一两个诗人。打碎玻璃是多么荒唐!书信将继续。等我们俩死了后,书信还会继续下去。即便我们在同一间屋子里,即便我们的脸近得使我们差点说不出话来——或者远得使我们的心无法相及——书信仍会继续下去。

破镜者!我只不过没有耐心让镜子熔解。我不断用手敲击它。帮帮我!

爱你,
杰克

[①] 爱丽丝:指刘易斯·卡罗尔(Lewis Carroll)小说《爱丽丝漫游奇境记》中的女主人公。

10

亲爱的詹姆斯：

我就不解释另一个杰克在上封信中犯的错误了。它们显而易见。我相信它们在某种意义上也属于诗歌。

我很高兴你不去纽约了。寄往那里或在那里收到的信件，将爬满蠕虫。去其他任何一座城市都行。但是，当然，如果你来这里，将是一举两得，因为如果吉姆和另一个杰克不能相互交谈，也不让詹姆斯和杰克相互交谈（不太可能是因为我们之间架起了一座爱的桥梁，但天晓得），我们仍可以不管他们俩，从同一座城市给对方写信。这与往常的诗歌一样不自然。

我们的信会重新交错。你的手表将倒数这个月剩下的每一天、每个小时。我们的信亦是如此。

爱你，

杰克

11

亲爱的吉姆：

  我给你，而非詹姆斯，写这封信，因为这是一封圣诞信，他和我对此都会觉得不舒服——就像对兰波说"圣诞快乐"一样。另外，如果你有好几付面孔，就可以选择一付适合自己的来接收这封信。

  宗教是显物的阴影——圣诞的所有表征，上至圣婴，下至百货商店橱窗里卖领带的圣诞老人，皆是如此——宗教——假胡子或石膏娃娃所能投射的无限影子。那本封面朝下搁在床上的书或地板上的绿色收音机下面是什么？不管它是什么，当你拿起它时，它就消失了，但在节假日，你可以看到它投下的影子。这就是为什么真命天子会在圣诞节出生，为什么会有圣诞老人。

  我到底为什么要写信告诉你这些呢？因为我担心你过于年轻而詹姆斯过于繁忙，于是你们不会相信这个节日，你们还会把物品和它们投下的阴影混淆在一起，并坚信那里一无所有。对詹姆斯，对能够在自己诗中看出这些阴影之外的东西的一名诗人而言，这确实无关紧要，但我想祝圣诞快乐的，是你。

  告诉詹姆斯：2月14日，我要在公共场合朗诵我的诗，并在那里公开朗读他所有的信件。

杰克

12

亲爱的詹姆斯：

我当时并没有读它们的想法（因为我根本没这么做，不在情人节读它们恐会不够完美，但我计划明天在你们以前定于礼拜天举行的一场诗歌会上，给诗人们读它们），更多地将它们当作一个空洞的大橡皮球般伸展的散文，当作邪恶的翱翔或威胁（你懂魔法吗，还是我应该教你？），正是它使我倚靠在我们的书信的死亡上。邪恶是个黑漆漆的东西，它与好与坏，甚至美丽与操蛋，都不相干，它与一个人的内在和外在的关系比善更深。

它的反面是诗篇，或者睡袍，或者帕拉塞尔苏斯①，或者宇宙中以字母P开头②的任何其他东西。

魔法以字母M开始，它是中性的。民、马、目、米、蛮、梦、忙碌，以及明天下半天③，亦是如此。邪恶甚至否认字母表上它曾存在过。

事实上，我不愿写完这封信。"爱"以一个L开始，和我的心一样。

爱你，

杰克

---

① 帕拉塞尔苏斯（Paracelsus, 1493—1541）：中世纪德意志文艺复兴期间的瑞士医生、炼金术师和占星师。
② 诗篇（poetry）、睡袍（pajamas）、帕拉塞尔苏斯（Paracelsus）的原文都是以字母P开头。
③ 原文为：man、more、much、me、made、middle、meetings, and the last half of tomorrow。

13

亲爱的詹姆斯：

"日舞"①刚到达。他们使用截然（想想他们会如何拆分这个词）截然不同的语言。我本应通过书信中的位置来得知这一点，但这更像在湿沙上看见一只鸟怪异的脚印——而后看见鸟本身，我不知为何，可是翼手龙的形象一直萦绕于我的脑际。

怎么能用声音读出来呢？我们到底为什么要用我们的嘴巴接听信息？而且字母表中的文字（正如托特②与兰波告诉我的那样）远不止是语音。但我想听到你口中的词语——这便是我心中并不令人讶异的一部分所求的——仿佛它们无法被写下来，而仅能在洞穴或宴会厅的火堆旁被吟唱出来。最终词语和这些词语的读音融为一体。但按照这种速率，画家将依旧在空白的岩石上镌刻动物的形象。

疲惫的论/点③。"日舞"是一群从某处飞来的真鸟。我向你脱帽致敬。

爱你，
杰克

---

① "日舞"（"Sun Dance"）：一种美洲原住民的祭祀舞蹈仪式，这里指跳舞的队伍。
② 托特（Thoth）：指古埃及神话中的智慧、月亮、数学、医药之神。
③ 原文为：ar/gue/ments。

14

在大金字塔里,他们用国王生前的瓶子、邮票,以及残剩的几块面包,来为他陪葬。科克托在刊载于《记忆》杂志的文章中问我们:这些东西真的都是国王的吗,还是为这个场合专门制造的?

没人比我更了解你有多孤独。

大金字塔蕴藏着最复杂的数学体系、最复杂的道德体系以及愚在够不着的高处的一串串紫水晶和钻石。这是宇宙中心。

它们是为这个场合而被发明出来的吗?

大金字塔里比以往任何时间都要黑,国王仍在里面。国王通过魔法进行交流,他对我说,"建一座金字塔给自己",接着对你说,"找邮票去",然后吃点面包,并从他制作出来的瓶子里喝点什么。

邮票上刻着大金字塔的图像;金字塔还没有被发明出来。

没人比我更了解你有多孤独。

阿波罗给詹姆斯·亚历山大的七首童谣

I

我的唱词,你们一句都没听过
俄耳甫斯对纹丝不动的树木说道
你的枝条,随我的琴调
而非随我的琴音颤抖。
树木说,你给我们制造了一个难题
我们的枝条事实上扎根于大地
树木说,可是我们的树干
静如刀斧,俄耳甫斯往树那边
走去,用自己的琴唱了一首歌
歌里的树没有枝叶,树干没有树
而聚在一起的根
对枝干及这棵树而言,却非好东西
说,树木说,说这是一首歌
它们尾随他疯狂地穿河过洋
直到在色雷斯①听到砰的一声响

---

① 色雷斯(Thrace):东南欧的一个地理和历史地带,覆盖现在的保加利亚南部、希腊北部、土耳其的欧洲部分等地区。

II

拉布雷亚沥青坑[①]里

有一座绝壁与二十英尺[②]高的星群。我

偶尔相信这点。

白色的骷髅

被黑焦油堵在里面

别回来

无法

回来

没有幽灵

只是偶尔

罗尼[③]来此。

III

一只老鼠跑上了棋盘

一只老鼠跑下了棋盘

他破坏了:

---

① 拉布雷亚沥青坑(the La Brea Tar Pits):位于洛杉矶汉考克公园附近的一组天然沥青坑。
② 二十英尺:约6米。
③ 罗尼(Ronnie):旧金山诗人罗纳德·普里马克(Ronald Primack, 1937—)的昵称,他曾是斯派赛的伴侣。著有诗集《献给洛杉矶游骑兵队已故少校霍勒斯·贝尔》(*For the Late Major Horace Bell of the Los Angeles Rangers*, 1963)。

两个小卒和王后,并狠狠地

  咬了一只黑车的边沿

野蛮

由于瘟神是野蛮的

阿波罗,老鼠跑上了棋盘

跑下了棋盘。

IV

或者说,给我解释此诗时,杰伊·赫恩登①的

  语言只有三个词

门:意味着他欲扔出某物,让它发出

  类似于猛然关门的响声。

鱼鱼鱼②:意味着某人给他展示了

  某物

还有汽车:从远处被看到的某物

他将像我们一样学习词汇

我告诉你,杰伊,蜂蜜烤蛤蜊

永远不会有怪味。

我又死了,昨晚却死而复活

---

① 杰伊·赫恩登(Jay Herndon,1957—):斯派赛的好友、艺术家弗兰·赫恩登(Fran Herndon)之子,当时只是一个婴儿。斯派赛认为其创办的《J》杂志是以自己、杰斯·科林(Jess Collin)、杰伊·赫恩登三人的名字命名的。
② 原文为"Fffish"。

这就是我们反映人的方式

原谅我,我是明镜之子而非门
　　之子。

是的,阿波罗,我敢。倘若这扇门打开

北风之北

V

一个被送错了的圣诞玩具,一场棒球比赛,一
本惊心动魄的科幻小说
这一切之外,眼眶是否充满了
泪水?幻象?树木?
如此接近于荒诞,以致思维穿梭机
充满了荒诞。
这里有一只手、一个咽喉、一条大腿
如此接近于荒诞,以致思维穿梭机
存在于
地铁、不存在的站台
之间。

VI　*亚瑟*[①]*之死*

推木，这是他们对你在棋局或诗歌中
　　机械动作的称呼
铺路
声音，地铁，你与每个人与生俱来的
　　整体环境的骨架
舞蹈（你在阿波罗或任何更小的神灵
　　不在监视你时跳的）这场
可能成为人的
舞
　　蹈

VII

火很旺
但正如小巷尽头
只有人们在其内时
才变旺。
有理由怀疑
杰伊当时不喜欢火星掠过他头顶
虽然它们有蓝绿青黄紫

---

① 亚瑟（Arthur）：传说中的不列颠（英国）国王。

而且其中几个能发出巨大的砰砰声。

火很旺

破碎的词语很亮

却从得不到修补

有理由怀疑,杰伊

后来

说道,"鱼鱼鱼。"

1960

以太城的首领

向克里利致敬

指美国诗歌后现代转向的代表性人物罗伯特·克里利。

第一部：
致塞格斯特（Cegeste）[①]

一开始，我可以与诗里所有人睡觉。这没有像诗人所写的那么难。这也是我今晚才出生的缘故。

他想找一个英语教授——一个让他觉得自己比鬼还高人一等的人。他想消除所有诗歌的痕迹。与某人吻别，但你们这些在场的人也不知道答案——甚至连诗人被问到的简单问题都答不上来。

我是回答问题的幽灵。当心我。与我保持距离，就像我与你们保持距离一样。

塞格斯特19岁去世。正在一个人可以拿年龄当作权势利用和拿自己年龄当作拐杖依偎的时期之间（参见《关于兰波生平的假小说》）。35岁时，每个人都会扔掉拐杖（参见《地狱篇》第一章[②]）。

[①] 让·科克托导演的《俄耳甫斯》（1950）中的一个主要人物。该电影围绕着诗人塞格斯特的生活，对希腊神话进行重新演绎。
[②] 指但丁《神曲》的第一部分。

数年之爱

我有过的两个情人。一个敲响过

两端都与地狱相连的大钟

另一个给我写过信

信中,他说我写得好多了

他们用自己的阴茎顶过很多地方

我也不太记得清他们的脸

哪个我亲过,哪个我没亲过

或者,他们谁的,我都没有亲过。

  两个情人是伟大诗人的痛苦。我不认为门铃能够从其中一个延伸到另一个。信理所当然(这一点在征服阿尔及利亚或外太空时会更加清晰)是给别人写的。

  阴茎希望对自己有信心。

车之歌

月光暗淡，我们奔向远方

其实，我们正开往地狱。

我们将双关语钉在自己背上，乘车

穿越情侣们所在的十字路口。

车轮和道路变为楼梯

我们背上的双关语是颗黄星。

我们将自己的双关语钉在风挡上，就像

我们在地狱的蔑视下，穿过了每个路口。

今晚有人在"车把"酒吧①说道："我更喜欢在L.A.，因为那里男人更多，而且更帅。"

"十字路口"是个双关语。"黄星"是犹太人戴的。楼梯是赫特比斯、塞格斯特与公主②来回走动的地方。

实质上，L.A.是洛杉矶，有一部影片展示过这一切。

---

① "车把"酒吧（The Handlebar）：20世纪60年代早期旧金山波尔克街（Polk Street）的第一家酒吧。
② 赫特比斯（Heurtebise）、塞格斯特与公主都是电影《俄耳甫斯》里的人物。赫特比斯是公主的司机。

康科德颂①

你开的玩笑

好比一片湖

它无忧无虑地躺在那里

看得见

众多死海

鸟儿翻飞

盘旋

着迷于其蓝,不思其水

不思

其水。

《征服了他》②是一首出自爱默生之手的诗。

众多死海皆位于圣地。

如果你仔细看,会看到水在诗中若隐若现。

---

① 该题借用了美国作家爱默生(Emerson,1803—1882)于1837年创作的关于列克星敦和康科德战役(1775)的诗歌《康科德颂》(*Concord Hymn*)的题目。
② 此处意在制造"Conquered Him"(征服了他)与"Concord Hymn"(康科德颂)之间的谐音效应。

拐错弯

我旧之所知

不是真的

或者，哦，不

你的脸

由羊毛制成

迈向诗歌

需要

伸出手。

雅各布[①]的外衣是用纯羊毛做的。纯羊毛被定义为任何跑得比牧羊人快的绵羊的皮毛。

楼梯上也有台阶，非常陡峭。

[①] 雅各布（Jacob）：《圣经》中的人物。

领土不是地图

龙虾说的半真半假是什么?
你已在我的腹股沟和头发上撒了糖
除了我的绝望,还有什么关联?
除了我的青春,我还犯了什么罪?

真相是它的地图,油滑的眼睛说道
半真半假反而是半张地图
除此之外,你至死都将斜眼视之
并同真理一起抛向大海。

　　这首诗旨在防止理想主义,即意象研究。它未能成功。
　　爱德华·利尔①不久前被允许在他的儿童书中这样说。事实上,诗人认为他自己就是"油滑的眼睛"。这就是诗歌永远无法防止理想主义的原因所在。
　　在这首诗中,俄耳甫斯和欧律狄刻②最后一次在婚礼时互相拥抱。

---

① 爱德华·利尔(Edward Lear, 1812—1888):英国艺术家、插画家、音乐家、文学家。
② 欧律狄刻(Eurydice):古希腊神话人物俄耳甫斯的妻子。

他们来到蔷薇丛,而蔷薇找不到他们

黏液

就像桑葚汤

或你唱过的

任何曲子。

  黏液是一个彼此交谈、彼此调情、

  彼此歌唱、彼此依附的,

  像澳洲石块一样彼此陌生的

  国际犯罪组织

比如

这首诗不知道

你指的是谁。

  黏液以往是一个犯罪组织,早就像神圣罗马帝国一样被撤销了。这位歌手不为人知。

  在地狱,难以区分不同的人。

当你远去,你不再回家

仅在身体层面上

存在的与不存在的陷入冲突

存在的,我猜,是大的

而不存在的,更大一点

从形而上学的意义上说

不存在的并不投下阴影

而存在的大过月亮,我猜,

大过那个男孩的裤子。

　　诗人显然在试图让这首诗接近尾声。其失败是显而易见的。"那个男孩的裤子"显然是指欧律狄刻。那不投下阴影的存在,是人人皆知的。

羊的足迹对陌生人来说是致命的

但丁会指责贝缇丽彩①

假设她在当地一家妓院死而复生

再如苹果向上坠落

那么牛顿的重力

我的意思是词语

神秘地反抗使用它们的人

你好，苹果说道

我们俩皆是物体。

这里存在着一个被隐约认识到的普遍现象。每个人都会说有些爱是胡扯。或者虚构一个贝缇丽彩来证明他们是如此。

贝缇丽彩的所作所为并非她一个人的事。但丁早看到了这点。锯掉了他所爱之人能站立的最后一块木板。

---

① 贝缇丽彩（Beatrice）：即贝缇丽彩·波蒂纳里（Beatrice di Folco Portinari, 1266—1290），是佛罗伦萨一个富有的银行家的女儿，也是但丁诗中的灵感来源。其作品中，贝缇丽彩代表了理想女性的形象，是幸福和爱的化身。

定刻在一幅画上

车的命运

和骑行的命运

无非是没有

新娘的新郎。

虽然她没有脸

我也从未见过她

无论她是何物

她不是一面镜子。

而空中的亮光

跟它一样真实

它远没有她美丽

我凝视她的虚空。

　　爱丽丝的镜子不再映出故事书中的骑士。他们反映着诸多三十年战争[①]及这期间人们驾驶过的汽车。
　　科克托发明了镜子作为穿越工具。我发明镜子来作为障碍。
　　这个叫作一到九。我看见自己在它的映照之下。

---

① 三十年战争(The Thirty Years' War):1618—1648年间由神圣罗马帝国的内战演变而成的一场大规模欧洲战争。

哀歌

说悄悄话——

欧律狄刻的头不见了

说悄悄话——

滚出地狱——

说悄悄话——

你这个大诗人

我们是来自地狱国的兵士

这里

你安然无恙

你写诗

给死人看。

这个明明是对俄耳甫斯的一个警告,但他不明白——他是一个浑蛋。这太糟糕了,因为如果他能理解的话,会有同样多的诗歌。

不断地为警告下定义。单是欧律狄刻的头不见了这一事实,就应该给他一个警告了。

第二部：
致公主

公主以某种方式来发挥死者代言人的功能。对他们而言，她近乎是女议员。

"不要站在那里，手指插在心里。做点什么。"她在绑架俄耳甫斯以及塞格斯特的遗体时说道。欧律狄刻远在十万八千里外。

她几乎是他们的化身。

笨拙的桥

爱之自豪不足以让人憎恨

陌生人就在它的门口

说干就干

或坚强得足以归还

或坚强得足以归还(来来回回地)

那些昔日的失物

一份可追溯到盟军与斯巴达之间战争[①]的声明。提及爱情,带有某种韵律的冷淡——这只能证明这首诗会继续下去。

这首诗中有一座连接爱与爱的想法的桥梁。它易于动摇,吱呀作响。

[①] 疑指公元前431—公元前404年间以雅典为首的提洛同盟与以斯巴达为首的伯罗奔尼撒联盟之间的伯罗奔尼撒战争。

罗尼前几天晚上写的言
一寺[①]

缺失的

杰克

我们的

手背

文上

你

所需资金骇人听闻

柳条

在树上

还有那个男孩的双膝

或我们沉入的任何物体

在坦克里

谢谢

你。[②]

  吉姆的形象开始出现在诗中。诗人用尽对我们的抵抗力，试图塑造一个既失落又不可能的人物形象。这种不可能性也是对比喻的第一暗示。

  坦克（以及他们在此所储存的物品）提醒着读者。缪斯女神们皆是记忆的女儿。

  这首诗为公主而写。

[①] 原文为A Poe-m Ronnie Wrote the Other Evening。
[②] 原诗第1~3行押尾韵k，第4~5行押尾韵d，第6~8行押头韵w，第8~10行押尾韵s，第11~13行押尾韵k，第13~14行押头韵t。

谁知

幽灵滴下

又跃起

这男孩唱歌,而我听到的是:

一条树枝上的湿影。

"坦克",他说道。

"不客气",他们说道。

歌唱者和歌曲是某种诗人过去(现在)无法领会的东西。他只做过一些假设。

魔法

陌生，我的午餐以词语为食

陌生人，我的午餐以词语为食

陌生人，陌生，你信我吗？

诚实地说，我晚餐以你的心为食

诚实的晚餐以你的心为食

诚实诚实地说是你的痛苦。

我烧毁了它的那些骨头

它的那些信

它的那些数字

确切地说是1、2、3、4、5、6、7

截至目前。

陌生人，我的午餐以骨头为食

陌生人，我的午餐以骨头为食

陌生人，陌生人，陌生，你信我吗？

　　俄耳甫斯到阴间去时从未体验过由此而来的威胁。在这首诗里，他们给了他一份外交照会。

　　诚实在诗中没有再出现。

　　数字可以。

费林盖蒂[①]

咆勃嘟嘟[②]

他们都在梦都

那里，他们酷似我们

它发自

鼻子和鼻子

停止和停止

极少违法

空气清新

那是春天

停伫在我们所唱的

事物上。

咆勃嘟嘟

他们都在梦都

他们都在梦都。

  汽车仍在行驶。它驶过死人王国，搭载数百万乘客。
  像大多数司机一样，公主在路上感到无聊。
  费林盖蒂是诗人创造的一个无意义音节。

[①] 费林盖蒂（Ferlinghetti）：即劳伦斯·费林盖蒂（Lawrence Ferlinghetti，1919—2021），垮掉派诗人、旧金山"城市之光"书店创始人。斯派赛与费林盖蒂关系欠佳。
[②] 原文为"Be bop de beep"，表示的是打呼噜的声音。

布思·塔金顿[①]

不

得益于他,你是诗人

开始记起

塞格斯特的声音

(不被信任,仿佛有多少雕像在说话)

惊异于翅膀的声音是如何传入的

仿佛做爱除了被记起

还有

一种意义。

布思·塔金顿被用于各种心理测试,以证明人是否有艺术性。

回忆起塞格斯特的声音,一个版本是在马背上,另一个版本是在汽车收音机里。两者都使之听起来很自然。在这个版本的传说中,矿石收音机并不合适。不过这里并无矿石收音机。别人跟他说话后,塞格斯特从不说话。

[①] 布思·塔金顿(Booth Tarkington,1869—1946):美国小说家和剧作家,两次赢得普利策小说奖,代表作有《了不起的安伯森家族》(1918)和《爱丽丝·亚当斯》(1921)。

悲情的缪斯

她非真实

她非纯洁

除此之外

她的牙齿也很差

如果你去听她

你会真正听到

她的前牙和后牙

会真的咬住你

你上床睡觉

一声叹息

明早倾听

你说过的一切

　　缪斯是记忆的女儿（她们后来变成了老鼠），而西登斯夫人是18世纪庚斯博罗①或其他人画中的女演员。
　　悲剧具有地狱无法囊括的确切界限。这会破坏诗人和诗歌的地狱之旅，也是他们共同抵抗之处。

---

① 庚斯博罗（Gainsborough）：即托马斯·庚斯博罗（Thomas Gainsborough, 1727—1788），英国肖像画家、风景画家，其绘有威尔士女演员萨拉·西登斯（Sarah Siddons, 1755—1831）的肖像画。

帕廷顿山脊[①]

一只用白色全然勾勒的白兔在黑色烘托下轮廓分明

一个幽灵

关于它

我们能说或想的不过是它一直存在。

不像关于往事的回忆,也不像一个符号或我们

所爱过、所尊重过的或原属历史的某物

我们的历史

它一直存在

在壁橱里,我们将它戴得像手上的戒指

兔子

他们的幽灵

我们所知的大部分。

"他们穿过了蔷薇丛,又穿过了灌木丛,再后来穿过了兔子不愿意去的荆棘。"

兔子不知道它们是何物。

幽灵都很相似。它们很害怕,不知自己是何物,但它们能去兔子不能去的地方。直到内心。

---

① 帕廷顿山脊(Partington Ridge):位于美国加利福尼亚州大苏尔(Big Sur),垮掉派文化中极为重要的风景。

西方言辞①

圣女贞德②

建了一艘方舟

她把三个豆粒

搁在了上面

——你能想象这首诗被译成新英语吗——

方舟上

有三个幽灵

名为许门、西蒙和拜纳姆③

——你能想象幽灵像这样将这些诗译成新英语吗——

我，他们，他，它，她

我，他们，他，它，我们自己，她。

　　这里在祝贺那些开车冲向死亡边缘或预测足球比赛的疯子。Hisperica Famina意为"西方言辞"。

　　这三个幽灵的名字皆是对你们名字的嘲讽。

　　你们（和他们）的名字是书结尾处所提到的代词。

---

① 西方言辞（Hisperica Famina）：7世纪用爱尔兰式拉丁语写的欧洲文献。
② 圣女贞德（Joan of Arc，约1412—1431）：法国百年战争期间的女英雄。
③ 许门、西蒙和拜纳姆：三个名字的原文（Hymen, Simon, Bynem）发音略微相似。"许门"是希腊神话中的婚姻之神。"西蒙"是耶稣十二使徒之一。"拜纳姆"是英国一个显赫而古老的家族。

结尾

爱之自豪不足以让人憎恨

陌生人就在它的门口

说干就干

或坚强得足以归还

或坚强得足以归还（来来回回地）

那些昔日的失物。

　　以往的仙人掌针，仅用一个耳套就可以折断，却再也找不见播放它唱片的留声机记录。这叫作协奏曲形式。

　　公主完全免于这样被追踪（因为他们把她送回了地狱），以至于她可以再唱一遍这首歌。谁忘了她的头早就不见了。

第三部：
致赫特比斯

毒品

钟声当当响

我们俩都当当响

与他谈话

有一种美感。

但天使般的说话声

在我们的床沿上嚎叫

我们现在

都是地狱的伙伴。

因为鳄鱼哭出了

我们所知的每一滴泪水

我们的眼泪是我们的毛毯

无论我们身处何地。

  钟是一种联结——这不仅仅是废话。
  地狱的定义悬停在整首诗之上。这是第一次（和最后一次）提及天使。
  鳄鱼，如来自任一宇宙的许多事物一样，源自刘易斯·卡罗尔。毛毯是指睡袋。

韦恩堡[①]

消息终于传来:
"我们是刚过去的圣诞节的幽灵

我们的身体是用十六条巨蟒
和一把窄刀蒸煮的布丁。"

我让愚蠢的信使们再唱一遍:
"我们目中无人

我们的身体是用十六条巨蟒
和一把窄刀蒸煮的布丁。"

因为那里有诗和圣诞派
以及当你眨眼时,如我们的爱般的爱
以及蝴蝶一般冉冉升起的爱

"我们的身体是用十六条巨蟒
和一把窄刀蒸煮的布丁。"

　　诗人与过去的圣诞节之间的对话。

---

① 韦恩堡(Fort Wayne):美国印第安纳州的第二大城市。

韦恩堡坐落在加利福尼亚和现实之间的美国要塞上。它是一个地理点。

过去的圣诞节想要知道的比它们有权知道的多。诗人也不例外。最后的分析都无法令人满意。

布丁是由在我们中间移动的数条蛇和用来切它们的一把刀做成的。

超现实主义

任何属于这个圈子的东西都在这个圈子里

他们

举起手。

一群不畏挑战的空中飞人在黄道带上,黑桃Q、

红桃A、方块9,一整副牌

承诺已承诺过的

爱一切所爱的

将幽灵归为所有名为幽灵的

我们嘴里

他们嘴里

有一丝

希望。

坡[1]预言了整个内战。

---

[1] 坡(Poe):指美国作家埃德加·爱伦·坡(Edgar Allan Poe)。

为我女儿祈祷

我们在天上的父,
愿你的名为圣诞

我们在地狱的父,
我们会告诉
他们

吉姆发现了圣诞节和这颗钻石背面的钻石。尽管诗人发明了他的名字。

他们是我们在万圣节里所期待的人,尽管我们有良好的愿望,但他们从未来过。地狱是我们在愿意仰望时身处的地方。

当时,欧律狄刻、俄耳甫斯和赫耳墨斯①的头脑都很简单。

---

① 赫耳墨斯(Hermēs):古希腊神话中众神的使者。

墙中人

俄耳甫斯

(公交车被撞毁了

为他们喊魂

得花九十天)

赫特比斯,算了吧

整辆车与车队毁于一旦。

我是说他的七弦琴

腐蚀了他的七弦琴

一切都着火了

(公交车被撞毁之前

还有九十天。)

　　不时想象一个两面都是镜子的镜子。赫特比斯是天使,在希腊语里,它的意思是信使。俄耳甫斯是诗人。与车队一起被撞毁了的那辆公交车,来自一场体育赛事,并要折返那里。

禁止观看

我无法放松

像一只鹅那样旅行。嗯

纯粹的地狱

你的孤独所在的地方就是你的孤独

我是说地狱

是他们连花都不采的地方。

  镜子的边缘有各自的歌唱。对诗人而言,这种厚度似乎是陌生的,他将自己的地狱等同于两者之间的东西。

  他尽可能像她能看到的那样模糊地提及珀耳塞福涅[①]。

[①] 珀耳塞福涅(Persephone):古希腊神话中冥界的王后,主神宙斯和农业之神德墨忒尔的女儿。

迪林杰[1]

人类的声音将天使驱赶到了

很远的地方。雪橇上的铃铛

遥遥地响起

仿佛我们从未见过雪。

为宇宙万物的正义祈祷

这个结由我们手臂以外的东西

    解开

我们，幽灵、情人和这首诗里的稀客。

是我，幽灵说。

    不是什么真实的东西。雪花相距均匀，慢慢飘落。不可思议的慢。

    消逝得无影无踪。连它的晶体溅落而成的水滴都不曾留下。这些人知道现实是什么。

---

[1] 迪林杰（Dillinger）：指约翰·赫伯特·迪林杰（John Herbert Dillinger，1903—1934），他是大萧条时期活跃于美国中西部的一名银行抢匪和美国黑帮人物。他被当时的美国调查局冠上"头号公敌"的称号，但当时普通民众却仍对他尊崇有加，认为他是现代罗宾汉。

猛冲

该死的,

他们所有人

都在足底留着胡子

都开着车

都非常

无趣。

伴随着一股冲动

和情感的

宣泄

一切都在街上

然后他们

驾车相遇。

塞格斯特带着自己的宿命回来参加一个大型会议。正如塞格斯特、克里利和我们所有人一样,他对驾驶座一窍不通。他计划把他的财产花在银行,一些河岸①上。若有必要,他会摧毁他们的车。他。

---

① 在英语里,bank既有"银行"之意,也有"河岸"之意。

蟹

记忆的女儿们

我们的孙辈聚集到

水桶、料斗

和铅制图片中

保持温暖,当夜幕降临

冷得无法忍受

或热得难以举起

孤灯。

  螃蟹就是小龙虾。它们即兴地往同时是一只只桶的蓄水池的方向进进出出,掏空了事物的内在。有人用长勺子钓它们。

  据穆赛俄斯[①]所说,缪斯女神都是记忆的女儿。

[①] 穆赛俄斯(Musaeus):古希腊神话中的歌手、诗人、预言家,俄耳甫斯的学生。

血

这些笑话

皆是幽灵

这个笑话

也是幽灵

你怎么能爱上那个凡人

每次说话

他都错误

百出

买一送一

我们三个至关重要

"他们将洪亮的喜庆和
　　长笛和竖琴和大鼓和小号，号角，和喇叭
的凯歌与（禾捆）一起带进了宽大的谷仓。"

"好的。"

关于兰波生平的假小说

第一编

第一章:死信办公室[1]

"你不能关门。它在未来。"据法国史书说,他出生于查理维勒[2]。这发生在南北战争之前,我不认为詹姆斯·布坎南[3]那时已担任总统。

法国每座村庄、小镇或面积与巴黎相当的城市,都有一间死信办公室。现在还有。兰波生于查理维勒邮局,是一个大婴儿。

阿波利奈尔[4]常在别人打机关枪时打高尔夫球。大蝴蝶[5]试图将他从自由思想中解放出来。然而,兰波爬到了使之从

---

[1] 死信办公室(The Dead Letter Office):邮政系统内处理无法投递邮件的部门。如果邮件地址无效,无法送达收件人,也没有回信地址,无法退回发件人,则邮件被认为是无法投递的,被称为"死信"(Dead Letters)。在死信办公室,通常打开邮件是为了找到要投递的地址。如果找到了地址,信封通常会用胶带或邮政封条封好,或者装在塑料袋里再寄出去。如果信件或包裹仍然无法投递,贵重物品就会被拍卖,而信件通常会被销毁。然而,依旧有很多死信会被个人收藏。

[2] 查理维勒(Charlieville):位于巴黎北部的小城镇,兰波的故乡。事实上,该地本名为夏尔维勒(Charleville),斯派赛故意做了变动。

[3] 詹姆斯·布坎南(James Buchanan,1791—1868):1857—1861年间担任美国第15任总统。

[4] 阿波利奈尔(Apollinaire):指纪尧姆·阿波利奈尔(Guillaume Apollinaire,1880—1918),法国诗人、剧作家、艺术评论家。

[5] 大蝴蝶(Big butterflies):暗示兰波的第一位诗歌导师乔治·伊桑巴德(George Izambard)。

晚辈中脱颖而出的那一页。

他就这样诞生了。

第二章：死信官[①]

当时，"静–水–快跑–不–要–走–到–最近–出口"先生[②]是法国政府官员。他的翅膀的名字[③]分别是伊桑德、西克萨姆伯特和猪大卫。他在很年轻时便涉足了法国政坛，喜欢在现场见证历史。

他对兰波做了一次人口普查——被调查者还包括发霉的蝴蝶、这一代人的思想、讨厌人口普查官员的人的眼皮以及上帝。他是一个自由主义者。

既然这是一篇小说，我想强调，"静–水–快跑–不–要–走–到–最近–出口"先生是个自由主义者。不是上帝。

兰波不是上帝，也不是自由主义者。他的出生临近詹姆斯·布坎南总统执政时期。

第三章：死信所言

"亲爱的 X，

我比任何人都爱你。

署名

---

① 死信官（The Dead Letter Officer）：死信办公室工作人员。
② 原文为：Mr. Still-Waters-Run-Do-Not-Walk-To-The-Nearest-Exit。
③ "翅膀的名字"的原文是法文 noms des ailes。

Y"

……"……是的,弗吉尼亚,这里有一所邮局。"
……"……我准备回家,吃点玫瑰花瓣。"

……"这一切都是意料之中的,你无能为力。"

"亲爱的Y。"

第四章:兰波将孩子气的事情统统抛于脑后

婴儿有多种未知的选择。兰波选择了其中一种。

他在邮局出生后,就开始用一种新语言练习口语。他无法想象人们会听到这种新语言。他并没有发明政治。

他在邮局楼下写起了诗歌。不为别的。他想不出字母和数字是什么意思。他是个婴儿。他想不出一个完整的词。

死信办公室在大楼的另一个地方。他们故意如此安排,是因为他们知道兰波不会在那里降生。后来人们将此事称为解放。

他当时还是个婴儿,于是我占用了他的名字,他的名字由六组字母组成,R-I-M-B-AU-D。他立刻将这些孩子气的事情统统抛于脑后,变成了一封电报。

第五章：法国政治

法兰克恐怖党[①]是兰波出生期间创立的政党之一。他知道他会死的。他们存在于所有人类的右派行为和左派行为之间。

"吉姆爱我。"右派说道。"吉姆爱我。"左派说道。但法兰克恐怖党忙于出生，所以没说什么。

兰波并没有真正创立这个政党。他将他们视作从他的灵魂里取出来的。一个跟随着尖锐连系动词的"我"，为爱的事业增加了空间。话语锋利。

一个冬夜，甘必大[②]搭乘气球升空了。时间漫长。无人交谈。

第六章：哨鼠

小说家应当解释他在写什么。"超现实主义是一件五彩斑斓的外衣"，兰波也许在一切结束后留下了这样的评论。要爱，就不要继续跟桑给巴尔[③]做奴隶贸易。继续与桑给巴尔做奴隶贸易，不是爱。两者是相似的。

哨鼠（它们实际上称为码头鼠，兰波就是这样）沿着默

---

① 法兰克恐怖党（The Frank Terrors）：斯派赛暗示他认为当时的法国是一个恐怖组织。
② 甘必大（Gambetta）：疑指莱昂·甘必大（Léon Gambetta，1838—1882），法国共和派政治家。1870年，普法战争中拿破仑三世战败，九月革命爆发，法兰西第三共和国成立后，其任国防政府内政部长；巴黎被围后他冒着风险，乘气球飞越普军封锁线离开巴黎，准备组织新军，抗击普军。
③ 桑给巴尔（Zanzibar）：东非坦桑尼亚联合共和国东部的半自治区，一度为独立的岛屿，后于1964年与坦噶尼喀合并组成坦桑尼亚。

兹河[1]奔跑。他们给予了解释。这条河流向海洋,而海洋则流向无数片海洋。

"我们钻进货物里,"码头鼠说,"再跳入大海。我们做的是历史性的旅行。我们的年龄分别是6、17、24和75岁。"

它们的意思是,在兰波出生之际,有一只码头小鼠从他头骨里爬进爬出。

第七章:迄今为止,我们强调兰波的人性

死者是没有生命的。这正是这篇平淡无奇的文章想要反驳的。一旦你看完,你便会相信死者具有生命。

如今,兰波15岁,正在射击马匹。由于他已死,1、2、3、4、5、6、7、8、9、10、11、12、13、14岁,对他的死亡和我们的生活而言,都已不重要。就好像人们在邮局撒下了草籽。

兰波正在射击的马是柏拉图《斐德罗篇》[2]中提到的白马与黑马。也被称为墙。

想象一下没有被印第安人袭击(1、2、3、4、5、6、7、8、9、10、11、12、13、14岁)。想象一下没有被印第安人袭击。马,《斐德罗篇》里的那匹,将在比赛中赢得胜利,那匹黑色的,那匹白色的。

再想象一下死者没有生命,以及他尴尬的表情。

---

[1] 默兹河(Meuse River):西欧的重要河流,流过荷兰、德国、比利时和法国。
[2] 《斐德罗篇》(*Phaedrus*):古希腊哲学家柏拉图写作的一篇哲学对话,对话中的两个人物为苏格拉底与斐德罗,内容涉及写作、修辞的伦理、灵魂转生等一系列哲学沉思。

第九章[①]：兰波作于1869年10月20日的诗

我并未宣布一个新的时代。

唯独上帝知道我才15岁。

我在脑海中牢记那些数字

当我离开人世时

我将勃然大怒

咬掉我所有的脚趾。

等到20岁，我将看到

永恒

以及那些陈旧的数目

并成为他们的愤怒

当我离开人世时

我将退出舞台

并咬掉我所有的脚趾。

第十章：性

拉伯雷[②]被刻在硬币中年的那面。兰波在另一面。硬币中年的那面的币值大约从二十美元开始。

拉伯雷有座欢乐动物园。至于兰波——我老得已记不清

---

① 原文无第八章。
② 拉伯雷（Rabelais，1494—1553）：指弗朗索瓦·拉伯雷（François Rabelais），文艺复兴时期法国的人文主义作家，代表作有长篇小说《巨人传》。

了。说那个动物园是丛林是错误的，但动物们看起来却未被关进笼子。

这与诗歌毫不相干——我真是老得记不起了——然而兰波认为这些恰与诗歌有关——15、16、17、18、19，甚至20岁。他是对的。

它与诗歌究竟有什么关系，没有人老到或年轻到对此了解。哪怕谁马上和我亲嘴，我也会这样和他说。

他认为诗歌与牢笼无关（事实并非如此），而是诗人在丛林中创作的（事实并非如此）。我写这篇文章时，他15岁，从未吻过我。

第二编

第一章：防止发现氧气的符咒

我们竭力维护我们的海滩。水在水去的地方歌唱，在水的另一边（细沙缓缓升起，然后是棕榈树），其他人在与我们战斗。

布坎南总统吓得仿佛他还活着一样，出现在我们头顶。他像我们面对沙丘和丛林时看不见线的一只巨大风筝，给我们被入侵的心灵、在沙丘和丛林里等待的其他人，也不可避免地给海洋，带来恐慌。

我们前夜搭建的棚屋，统统变绿了。

我们当时不是人类，其他人也不是，大海也不是。这是战争的旧内容。

第二章：你要尽量避免

"我收到一辆摩托车作为生日礼物。"

"实际上，你也收到了一个问题。他有一个问题。"

"他们再也不会碰我们了。与他们一起大叫。他们会以为那是一首歌。"

"你真棒。聪明的疯癫之养父。"

"有一天，我走在小路上，看到了一把机枪。它被涂成黄色和红色。那一刻我正想着诗歌对那些不得不倾听我们声音的人耍起的小把戏，随后我又唱着歌在小路上徘徊了一会儿。"

"无法用声音来表达的人，都该死。"

"他们偷走了我的单车、我的闹钟和我的心。"

第三章：吉姆

有个巫医告诉我们，名字就是有属性的名字。一种产权。它们迁入凉爽的夜晚。名字——但它们的名字却可有可无。

我们在天堂，在地狱，在星星的轮廓，甚至在我们的银行账户中所做的一切，都有一个双关语，让我们得以更好地表达。这些美德虽然离题，却很重要。

诗歌的奴隶实际上也是奴隶（事实上，$\frac{现在}{往昔}$名为吉姆的吉姆会说——如果他没有死，就不会先于任何人死去），这就是历史，而正是他们所未见的伤害了他们。他们当时在场。

一位巫医，他的头被面具弄疼了，那真是一种魔法，生成了他们、他们存在的理由。他们回答道。

第四章：兰波

他们说他当时19岁；他已被亲吻过
无数次，以至他的脸冻结封闭。
他的眼睛会看到经过他身旁的恋人们
他的嘴唇会吟唱，其他部位纹丝不动。

我们这些酒吧里的成年人会看他唱歌。

天啊，他为我们唱我们的蓝调时那幼稚的

优雅多么可笑；他冻结的嘴唇将

抬起，一首首地，唱出我们的蓝调。

我们内心和脑际的放纵

将毫不眨眼地阻碍他们走向最后的

深渊；他们倾听着风的声音

并在喉咙里找到最后一块天花板。

第五章：怪异的噪声

是的。昨日之爱。那条河是一片看起来扭曲的小水泊。我以为潘①在上面。潘与那条河，都不是真实的——《在查理维尔的水上》(1868)②。

是的。昨日是一个爱人。如果他转身，他会看到他们——召唤他去某个遥远的体育馆或诗歌，让他偏离已走远数英里又回望的地方。

昨日是永恒。是向后的。是人面对其所经的现实的方式。也是现实面对其所经的他的方式。昨天残留于他的眼中——犹如河中的小水粒。水孕育盐和眼泪——它们没看见我们走来。

回到空气很纯净的那个地方。在空气很纯净的地方，连昨天也是永恒的。一个人不可能在回忆中发现昨天。

---

① 潘（Pan）：古希腊神话中的畜牧神。
② 《在查理维尔的水上》(*Upon the Water in Charlieville*, 1868)：不详，疑为作者生造的一本书。查理维尔是指美国路易斯安那州的一个地区。

第六章:这本小说的一个借口

保罗·莫菲[①]曾说,"P-K4,P-K4,被Q-B5将死",这句话让兵和象无用武之地,却显示出他牺牲几个卒、车、马、象以及牺牲他下棋之渴望的意愿。他轻而易举地打败了阿道夫·安德森[②]。

当出租车不动时,它就不动了。当你给它喂了天然气燃料,或如对待坏了的冰箱一般地对待它,它就不动了。尽快烧掉它。

第七章:一首令人尴尬的民歌

只有向上才能转弯。兰波快16岁了,他将发明我的精明(我们的精明)不会记得的东西,产生一种更实用的性与诗歌的概念——捉鬼的机器。

民歌说,英雄的青春是污秽的、短暂的、易碎的,拉雷多[③]的街道将永远停放着一具棺材,甜蜜威廉[④]的墓里将永远

[①] 保罗·莫菲(Paul Morphy,1837—1884):19世纪美国著名的国际象棋棋手。
[②] 阿道夫·安德森(Adolf Anderssen,1818—1879):19世纪德国国际象棋棋手,曾输给了保罗·莫菲。
[③] 拉雷多(Laredo):美国得克萨斯州的一座城市。
[④] 甜蜜威廉(Sweet William):英国传统民谣《美丽玛格丽特和甜蜜威廉》(*Fair Margaret and Sweet William*)中的男主人公。该民谣中的故事在欧美多地有变体,但基本梗概如下:美丽的玛格丽特从她高高的房间窗户里看到了她的情人甜蜜威廉和另一个女人的结婚队伍后离世。然后她的鬼魂出现在甜蜜威廉面前,问他是否爱他的新娘胜过爱她自己,威廉回答说他更爱玛格丽特。威廉开始寻找玛格丽特。玛格丽特的家人在她的庄园后面,向威廉展示了尸体。在某些版本中,甜蜜威廉也因心碎而去世,他们被埋葬在彼此旁边。

生长着一株蔷薇,而我们这些鬼魂与精明的民众知道它们早已遍布了墓室和街道。

鬼魂并非精明的人。历史始于精明的人,止于鬼魂。

这就是$\frac{我们}{我}$写这本小说的原因。如果他在16岁时读了这本书,他可能会改变人类的历史。

第八章:缪斯点数

那些意志坚定的小丑吃了自己的半个头骨。这些老家伙并非人类。

这些缪斯(陷入回忆之湖),你没有因被别人拷问而发怒。你听说过并记住了被别人拷问的体验。

审讯。别人日渐长大。鬼魂没有。牢记他们活着时曾流过的每一杯血。

壮丽河岸上的棉花糖,被冲走了。谁在那里听他的歌呢。长途汽车驶远。

剩下的是一个由字母、数字以及我跟你说过的话组成的宇宙。给吉姆的宇宙。

第九章:兰波是一只七齿大猩猩

我们人生之河的中央。

事物有通路。大多数河流最终流入海洋。或者是一个湖——一个内海。这就像非洲之于全大陆。

在各大洲中,兰波献身给了非洲。他修建了海堤。而当我们知道他的存在时,他已经是一个16岁的恋爱对象(一个恋爱对象)。

他呼气,文学便遭受痛苦。文学可以听到他胸脯的起伏。广告牌画家大军前来将他抬走。

竹鸟的鸣叫声唤醒了他。在他躺着遐想时,它们在他身上筑起巢来。有一只木筏漂过(一只黑木筏,一只黑木筏)。

16岁时,兰波并未梦想去非洲。

第十章:你是谁?

什么东西有四只腿、三只脚并鲜少与他人说话?
尸体。

什么东西在一些失败的想法、生命甚至梦想的杂音显现时能被远远望见?
幽灵。

什么东西永生不灭,在自己的彩虹上打了三个结,如松鼠为过冬储存食物一般储存激情,脱离了一切无价值的东西,乃至从未体会过诗人的梦境或发现过河流
他们。

注意最后问号的缺失,注意最后问题的投放
失败。

第三编

第一章：兰波存在的本体论证明

想象一下，我们这些诗人，一个好诗人。你们自己想想他可能具备的特点。他应该是嗯嗯嗯，而且呃呃呃，而且啊啊啊，而且呵呵呵，[1]但他好歹应该存在。存在是善的必要属性。

这叫作奥卡姆定律[2]或"戴维·琼斯的箱子"[3]。

如果他们按照逻辑呼唤他诞生，他就不存在了。施洗者约翰[4]、河上的商人、逻辑学家。

当他长到16、17、18岁时，圣言便开始膨胀。在圣言面前，我们都是无知的。

假如兰波在我们想象他存在之前就死在了卷心菜地里，那就没有历史了。

歇斯底里的声音在通往我们子宫的路上呼喊。

---

[1] 原文为"He would have to be mmmmm, and nnnnn, and ooooo, and ppppp"。
[2] 奥卡姆定律（Occam's Law）：暗指14世纪哲学家奥卡姆提出的逻辑性法则，要求解决问题时采用可能性最大的解释，又称"奥卡姆剃刀"。
[3] 戴维·琼斯的箱子（Davy Jones' Locker）：18世纪英国海军中水手使用的黑话，意思是"大海的海底，死亡水手沉睡的地方"。
[4] 施洗者约翰（John the Baptist）：公元1世纪初活跃在约旦河地区的犹太传教士，某些天主教会称其为圣约翰。

第二章：死信办公室

动感情并不合适。死信之所以在那里，是因为不再有实在的地址了。

假如布坎南总统致函科德尔·赫尔[1]（也死了），信会留在那里。事物的精神无济于事。一封死信就好像有人收到过一样。

兰波所知的或任何其他人所知的，不是偶然的。动感情并不合适。这些死去的诗人们知道他们自己的结局。

原有一本空白的书，幽灵或它们的年代一直在听。听别人说过的话。就像耳环里的金子一样。

一张空白支票。

或别人说过的话。布坎南总统临终时保证了他的真相。

第三章：柏拉图的果酱

有高档，我便无法接受低档。我，作为这篇小说的作者，就是个骗子——任何读者读这些句子时要承担的风险。

呼吸停止后，词语开始倾听。倾听彼此？听他们必定走向的每个想法（不管这意味着什么）的歌？听某物的心跳？

隐喻不可释读——就如同地图上的一处地方，你说它的后面是沙漠。用一份速记来承认未知。

A是一块正在破裂的空白浮木。E是口袋里装满锯子、影子和针的一个木匠。I是双关语。O是为牢记陌生异乡人荣耀

---

[1] 科德尔·赫尔（Cordell Hull, 1871—1955）：指美国第47任国务卿。

的一张埃及挂毯。U是W的反义词。它们不是元音。①

当他第一次说出这句话时，他创造了世界。

第四章：岩石与卷心菜

神话里的生物，沿着我们梦境中的街道，蜂拥而至。它们并不在意充当怪物。它们对自己存在的证据漫不经心。

不动的不动，反之，动的就动。人兽所知的任何抽象都无法阻止它。

那些早期的战争。在满是坑洼的大地还年轻时。岩石与卷心菜。一个葱绿，另一个是生长的基地。

虫子既不吞食岩石，也不浇灌卷心菜。一切都变了。不知道自己的天敌。

我高唱阿喀琉斯的怒火②之歌。

第五章：在哪里，是什么

"你为何扔了它？"我问道。

"我将它放在了地上。"兰波答道。

"为何写这篇小说？它为何如此冗长？为何其中连一个情

---

① A、E、I、O、U等字母来自兰波的诗歌《元音》，本段形成与其对话的关系。
② 阿喀琉斯的怒火（The Wrath of Achilles）：荷马《伊利亚特》中的重要情节。1819年，法国艺术家雅克－路易·大卫（Jacques-Louis David，1748—1825）创作了画作《阿喀琉斯的怒火》，其还原了《伊利亚特》中的情节：阿伽门农向阿喀琉斯透露，他实际上并没有带来他的女儿伊菲革涅亚做阿喀琉斯的新娘，而是打算以她作为祭品，以安抚女神阿耳忒弥斯。阿喀琉斯在听到这话后，愤怒地拔剑，而阿伽门农的妻子克吕泰涅斯特拉，将手放在女儿的肩膀上，悲伤地看着。

人都不给我呢?"

"在这一页上。"兰波说。

"谁在战斗?这场似乎贯穿历史的战争是什么?"

"在战场上。"说这话的是一个小鬼魂,他将兰波推开了一会儿。

"为什么是这条河?"

"I为那条河。"鬼魂说道。

第六章:死信官

每个兰波体内都有一个现成的死信官。到底是谁寄了这封信?是谁偷了这些字迹?

他青春和诗歌的字迹。他看待事物的方式,仿佛它们是最后的活物。

他的制服模糊而华贵。他头上戴着一顶帽子。他的手臂紧贴在肩膀上。

我们对他的蔑视是普遍的,甚至在停尸房里也有回响。血不能安抚他的鬼魂,它会一直留在我们身上,即使我们已进入停尸房。他藏身于每具死尸、每个人的生活。

他写诗,投掷棒球,每当我们急需他,他总令我们失望。他也是按钮造模者,他如岁月之河一般,在我们心中成长。

第七章:猎鲨记

谁参与追击,谁就该得到奖赏。每辆马车皆向林中空地走去，邻居们已在那里生起了火。

那些动物通过我们的气味分辨我们。这个闻起来是红色的，这个是绿色的，这个是紫色的。他们都活着。他们无意于杀死我们。

我们围聚在篝火旁，唱着狩猎蛇鲨之歌。我们中曾有人去过非洲，熟悉我们搜索之物的危险。我们的色彩、气味，在烟雾中，朝等待的鸟群闪着光。

我们说过的、唱过的，或流着泪回忆过的，都可能消失在等待的篝火中。我们是蛇鲨猎手。保持勇敢，当我们消失在林中空地。

第八章：说回他的生殖器

在快乐中上升，就是在痛苦中坠落。所在乎的是那唯一的对手。

回到什么？背对背[①]。他们和他。做个美梦。

这些指示让他从疼痛中恢复过来。用词语堵住他的嘴。兰波17或37岁，快要死了。它们不足挂齿。

仿佛描画一个人的阴茎和他的内心。或者她的阴道。它们不足挂齿。一串风铃。一座建筑。

回到什么？背对背。他们与他背对背睡觉。他的生殖器惊惶了起来。

他们的历史。

[①] 作者在此处使用了双关语。"返回"与"后背"在英文中均可用"back"一词来表达。

第九章：某些封印被打破了

第一个封印是布坎南总统的名字。他在那里，是因为他不耻于他在修建邮局过程中的作用。

第二个封印是爱。包括邻国在内，现在它还不为人知。

第三个封印是厌倦。根据具体语境，它还被称作历史或政治。

第四个封印是吉姆。私人图像。在诗中守护隐私的诗人，如同无法相对移动的河与岸。

第五个封印是词语提供的永久隐私。将它们变成人。

兰波。深夜里的哭声。提议。词语选择说什么。提供些什么。和平。

第十章：一块大理石

兰波106岁了。同时，一切都在继续。一种风格创造自身的语境，就像一条河里有鳗鱼一样。

他们在挖矿时，丢失了一块大理石。他86岁或104岁的面孔。为什么我们每个人都有美丽的一面。人类之美。被刻在大理石或地质带上。

这些谜团是真正的谜团。是I宣布了这些奥秘。与未知者玩着蛙跳。与死者。是I宣布了这段历史。

你看远处正在消失的雕像。它们所占的空间足以令它们消失。揉揉眼，去看它们。这是我们错失目标的一种策略。

我想说，这部小说的读者是鬼魂。被卷入。被卷入兰波的生活。

诗歌教科书

1

超现实主义是那些不能从超现实主义中获益的诗人的事。正是圣子初显时,他说:"民众当受诅咒。"他这样说,并不意味着民众不重要,也不意味着他自己愿意被他们钉十字架。乃是说,他自己实在无话可说。这是超现实主义。

但即使忽略公众是诗人之事务,那也不是诗人的超现实主义。诗人的超现实主义无法诉诸文字。

迷失在一个群落中。意象的,隐喻的(不管它们是什么),词语的;这是一种更好的投降。迷失在一群诗人中的诗人。最后。

2

制造一个隐喻,来反对那些反对他们的人。这不关我们的事。

仿佛除了比喻——事物之间的联系,这世上什么都不存在。或者好像我们所有的词语,如果没有实物附着其上,皆无意义。

"使人格化,"你说,"用声音来塑造一个人就不那么抽象了。"但词语之所以是词语,并非因为它被人格化了,而是因为它就是一种化身。就像它是人类一样。

宣称它的仁慈,就是撒谎——假装它不是一个词语,假装它不是被创造出来用于解释的。我们所诞生的语言在我们的祈祷中(暂时且无知地)横渡。

3

"可怜的浑蛋,想要匆忙闯过地狱。"为那些没耐心听的浑蛋祈祷吧。一棵移动之树的飞叶、一棵流血之树。在一群想象的意象之中。

为那些拥挤得听不进去话的可怜浑蛋祈祷吧。切断了祷辞、诗歌、口信的每个表面的一个角度。思想的一个角度。做这件事的意图。

他们一直活到了第二天早上。就像我们所有人一样。但他们不断地如此生活。仿佛他们面前闪烁的不是地狱,而是某物的延展。

教。

4

被教。就像伸出的一根电线。从美丽的尽头,仿佛在别的地方,伸出来的一根银线。一个隐喻。隐喻不适合人类。

电线在我们诗歌制造的噪声之风中翩翩起舞。没有观众的噪声。因为这些诗是写给鬼魂的。

为他们写了这些诗的鬼魂,就是诗中的鬼魂。我们以二手的方式得到它。他们听不到自己一直在制造的噪声。

但它不像镜子或收音机那样是一个简单的过程。他们试图给予我们各种电路,让我们去看它们,去听它们。教授听众。

玫瑰里的电线,很漂亮。

5

来世的运动。诗的来生——

将鬼魂定义为一个用于擦除自己过去的橡皮擦。

来世的运动。你会立刻想到一张照片。它的鬼魂被定义为一团外质——一种反意象。

一种反意象,仿佛仅仅因为它是死的,就能使它彰显它曾经的运动状态。

死者与生者之间的争论。

6

诗人不断思考策略,思考如何战胜诗歌。

为具体的例子寻求经验,利用诗人的大脑、腿、胳膊和动作,让他看到可以通过文字表达的东西。

或怀疑。寻找具体实例的经验。在美逐渐缺失的时候,他面前的门锁上了,一个新的欧律狄刻,走向他,用双关语穿越他的地狱。

他们不会通过的。没有东西能通过。每首诗的死亡
也在每一行中
争论继-
续。①

---

① 原文为The argument con-tinues。

7

在所爱的人眼中，虚无是有生命的。他穿的衣服是他光着身子走路的衣服。他是名声。

前方，非理性的号角提前吹响。几乎无法用感官来解释。他就是他，因为他从不在他所在之地。

我不能宣告他不属于我。厄洛斯[①]，埃莫[②]，感觉之爱，他的身体比我的身体传递给大脑的关于他的信息更抽象。他毕竟是人。我不能宣告星光，它从不在同一个地方。

我可以将一首关于他的诗抄写一百遍，但他不在那里。这些纯粹的数字阻止了他作为名字（厄洛斯，丘比特，感觉之爱，星光）的出现，因为他的名声就像"什么"的名声一样。我对他无话可说。

8

下降到真实。用一架绳梯。灵魂也来到了那里。独自——不是爱，超越了上帝的思想。

我指的是思考上帝的思想。自然地。我是说真正的上帝。

忽略所有其他的形象，就像你忽略一首诗中的词素一样。圣子，哭求着他的上帝的医治。他很沮丧。

消失于存在的熨斗里。这样就把诗里所有的词都熨平了。传授给它们。让它们像第二天一样真实。

[①] 厄洛斯（Erōs）：希腊神话中的爱与情欲之神。
[②] 埃莫（Amor）：即爱神丘比特。

当词语痊愈，我并非指的是真正的上帝。

9

如果你在任何地方都能看到他或完全看不到他，他就像一个圆的圆周，没有点，只有你的欲望的边界。到了一个关键点。

目睹这种激情的人，自然会被它的不协调所震惊。将一个人提升到隐喻之中。

我们在床上所做的一切，睡眠或性爱，都受这个圆的限制，这个圆只能由个人来定义。

圆的外面正是每个人都在谈论的话题。在它的外面，是试图说话的死人。

一旦你试着拥抱一个绝对的几何圆，那些赤裸裸的失落，就会像一幅发出回声的画一样与你相伴。

10

印第安人魔绳把戏。一个印第安小男孩爬了上去。荣格派、弗洛伊德派和社会改革派都满意地离开了。他们知道这个把戏是怎么玩的。

但绳子的顶端并没有东西阻止其继续伸长。没什么好争论的。观众们已经看到了这个男孩的舞蹈，这不是催眠。

绳子的定义，应该会引起每个想要爬上绳子的人的兴趣。绳舞。在阅读这首诗。

阅读这首在魔术师开始或结束时没有出现的诗。一个攀爬着的媒介。真实的。

11

无聊也是道的一部分。你选择他的话，而非别人的话，是因为你觉得无聊。毫无意义的词卡在喉咙里，你把它们咳出来，就像你想咳出来的东西的抽象概念一样。喋喋不休、迷路、没有人能找到它的一只绿鹦鹉。

与死者的争论。这就是停顿的主要原因。他们跟你争辩说，根本就没有美，甚至连文字都没有。他们用嘴的右侧说话。

从远处看他们，不了解他们的命运，就像我们不了解自己的命运一样。让隐喻变得非常不人道。站在玩弄我们的形状和形式下，就像被相机选择一样。

12

保持忠诚。而你只忠实于一个词的影子。有时失去，有时发现——在欲望深处寻觅。曾冲上岸，抛于我身上，像内心的货物一般。

这是一个超性①隐喻系统。忠实于它的废话：根基。做假梦的系统。

忠实于它。所有回忆过去的痛苦，身体不知道的痛

---

① 超性（Meta sexual）：这个词指的是隐藏在性本质和性活动的物质层面之外的性领域。

苦——其实并不存在的痛苦。

它们为自己感到遗憾，这些词语抱歉地向我点头呼喊。它们把过去挥出门外："再见，我爱你。"

保持忠诚。我寄望于此。不是它们。甚至连文字都没有。

13

由坚固的玻璃制成。神庙就在杂草和加州野花丛中。不在适当的位置。我们崇拜文字的地方。

以凡人之肉身无法看破，除非开始就不是一个人。除非开始就不是一个灵魂。

唯一的崇拜者。肉体很重要，因为它会让你感受到自身的孤独。或加州。一个个人与世界的分界线。

一个人在寺庙，有时会让我们忘记自己身处其中。我们此刻在一个句子里。

我们现在的处境是愚蠢的。在我们所在的地方，一块坚硬的玻璃，将我们与所有所梦之事隔开。但此处不是我们所在的，并将要去见他们的地方。

14

说城市是人类的集合并非不公平的。人类。

处理他们的市政信托中，他们一起坐在城市里。他们在城市里交谈。他们成群结队。

即使他们不形成群体，他们也都会在城市里独坐。

每一个形成的城市都汇集了它的贫民窟和它的幽灵。每一个形成的城市都聚集着它的幽灵。

诗歌在城市汇集之后很久才出现。它认为"它们"是一种隐喻。不可避免的一种隐喻。两者几乎相反。

15

这座城市被重新定义为一座教堂。诗歌的运动。不仅仅是一个信仰体系，而是他们的信仰心共同存在的地方。

他们对各人的差异感到愤怒——死人和活人，鬼魂和天使，绿鹦鹉和我刚刚发明的狗。所有事物都使用不同的单词。他们想住在城市里。

但从这个意义上说，这座城市离我（以及通过我而说话的事物）就像但丁离佛罗伦萨一样远。更远。因为那是我不记得的一座城。

但是我们在闲聊中或在我们对彼此的抱怨和愤怒中创造的城市，是一个完全得之于混合和镜像的城市意象。一次流放的回归。

16

它不需要组合在一起。就像我祖母在客厅去世时留在卧室里的未完成的拼图一样。这些诗歌或这爱的碎片。

超现实主义不仅仅是一首诗。其意是事物不相匹配。就好像我祖母死前琢磨她的拼图一样。

不是对现实的分散本质的一种蔑视姿态。不是因为这些碎片不合时宜。而是因为这是唯一能让死人和活人结盟的方法。用魔法把整件事推向他们所谓的上帝。

闲荡。完全摧毁这些碎片。围绕着它们建造。

17

——人类爱的对象是不真实的。
给我滚蛋。

——神圣的爱情对象是不公平的
为空气下定义
它走了进来。

古老的人类争论，通过押韵来表明它仍在继续。双关语在时间上的僵硬，也是在意义上的僵硬。

这是一个古老的人类争论，开始于我们脱掉了衣服，还是穿上了衣服。即使我们说的是鬼魂。

——人类爱的对象是不真实的。
给我滚蛋。

——神圣的爱情对象是不公平的
为空气下定义
它走了进来。

将此想象成抒情诗。

18

煤气爆炸时，鬼魂消失了。那里只有一个叽叽喳喳的人类的城市。

那些在空中看起来是长期损失的，在地面上都微不足道。那些看似文字的东西，只以热波的形式反射在空气中。

气体爆炸时，物质大量流失。那里的东西都飞走了。飞到它上面的天空中最远的角落。恸哭。

这也被认为是创世纪的故事。爆炸的碎片随后令人窒息地聚集在一起。凝聚着他们所能找到的一切真相。

当心脏爆炸，将会有巨大的损失。但煤气爆炸时，鬼魂就消失了。这不过是一座人类叽叽喳喳的城市。

19

"吓[①]我"，这句话藏在我的闹钟、梳妆台抽屉或枕头后面。"吓我"，就连《圣经》都这么说。

我们有责任让他们和他大吃一惊。从事物的深处或从这个世界中寻找答案。不管那是什么。

这不是文字游戏，而是文字之间的游戏，意思是挂在一个小十字架上一会儿。游戏进行中。

那些留给我们的石状话语，默默地向他致意，几乎粗鲁

---

① 吓（Esstoneish）：作者故意歪曲了单词astonish（使惊讶）的写法。

地投下了自己的影子。例如，十字架投下的阴影。

不，现在当他被文字困住时，他是个低鬼①。

20

他在我们梦想过的唯一东西之中。涂金的文字——比你用来装东西的所有金属都要好。

约翰·迪伊②和他那全然的假巫师 E.K.③（他后来写了《牧羊人日历》④）试图把字母变成金属，一路穿越波希米亚⑤。后来，在19世纪，他成为一名神智学者，然后死去。

它们讲述了一种超越高温的爱。一个化学公式。硫黄结合了黑暗和一片月亮。然后说三遍"我爱你"，再转身。

试图用你自己的双手抓住人的魔法，是有趣的，而超现实主义并不有趣。有个地方，我们可以说话，我们不可以说话。我们俩。

沸腾。

---

① 低鬼（Low ghost）：词义不明。
② 约翰·迪伊（John Dee, 1527—1608）：英国著名数学家、天文学家、占星学家、地理学家、神秘学家以及伊丽莎白一世的顾问。
③ E.K.：应指埃德蒙·斯宾塞（Edmund Spenser, 约1552—1599）。他被认为是英国文艺复兴时期最伟大的诗人之一，代表作是《仙后》。作者故意将其名字首字母弄错，以达到戏仿的效果。
④ 《牧羊人日历》(*The Shepherds Calendar*)：埃德蒙·斯宾塞的第一部主要诗歌作品，出版于1579年。书名和整部作品一样，故意使用古老的拼写方式，以暗示与中世纪文学的联系，尤其是与杰弗雷·乔叟的联系。
⑤ 波希米亚（Bohemia）：捷克历史地名，现在位于今南、北摩拉维亚州以外的捷克。

21

坚守未来。用强有力的双手。每个来生的未来,每个鬼魂的未来,每个即将被提及的词的未来。

别说为了过去、基于过去,把美放在此地。因为过去,什么事也没有发生。

与新为伍。用胶水,把上帝和人类创造的东西不断地粘在那里。你的手指抓住了你正在粘贴之物的边缘。

你离开了在乎过往的那个男孩俱乐部。在乎你的语言的未来。未来总是根植于过去。

这种病态导致了新的路径和探险。一直延伸到未来。这些话语就像蓝鱼一样,从你身边游过。

22

你难道没有幽默感吗?你就不能冷静地接受吗?他们用来写诗的词语,都是无意义的。

最好是邮票。超现实主义是寄往乍得的蓝色附加费。这是一个想象中的非洲王国,它将永不会获得独立,因为它并不存在,但这并非仅仅是想象的行为,它确实发行了邮票。这是伊蒂丝街队的异教徒[①]和诗在跟你说话。

再次创造美好。这就好像邮票爱好者以某种方式创造了

---

① 伊蒂丝街队的异教徒(poest):疑为 Pagans of Etsy Street Team 的简写,它是一个塔罗牌社群。斯派赛是著名的塔罗牌爱好者。同时,这个词又可能是由 poet(诗人)、post(邮寄)组合而成的新词。

他们自己的形象。红色手推车①或蓝色的未知意象。我们贴在他们寄给我们的信上的每一张邮票,都必须被无情地取消。仿佛它的传递,它的美丽形象,原是一个隐喻。

23

想要解释。它想要解释。遍及它,兔子的洞穴,像老鼠在烟囱里或像比喻在姜饼中间一样盘旋。

诗人想把所有弹珠都拿起来,放进口袋里。想要弹珠。在那里,诗歌像是在游戏中获胜了一样。

老鼠的呼叫是如此荒谬,"荒谬信条"②,或猫,或美洲狮,成为一组奇特的隐喻。它们每个都有其独特的礼拜仪式。

词语,他们的词语,在兔子洞里,在隐喻里,在我们生命的岁月里,空洞地大叫。

24

圣埃尔摩火③。或者为什么这是一本将使用20999年的诗歌教科书。几乎一生。

---

① 红色手推车:此处暗指美国现代主义代表诗人威廉·卡洛斯·威廉姆斯的代表作《红色手推车》(The Red Wheelbarrow)。
② 荒谬信条(Credo quia absurdum):一个拉丁短语,意为"我相信,因为它是荒谬的"。
③ 圣埃尔摩火(St. Elmo's Fire):一种持久的蓝色光芒,在暴风雨期间偶尔会出现在尖锐物体附近。数千年来,水手们早已注意到这一奇观。但直到20世纪,科学家们明白点燃神秘之火的不是神或圣人,而是五种物质状态之一:等离子体。

我在它的边缘畏缩了，我在它的边缘没有领悟到的，并不像天使们遇到唱歌或任何类似之事。

我们都是孤独的，我们不需要诗歌来告诉我们，我们是多么孤独。时间的双翼战车，就在下一个地标或公共汽车站附近。我们需要一盏灯（一个硬块，说出来的或没说出来的），它甚至高于爱。

圣埃尔摩火悬在那些航行于无声海洋的船只上方。那是既非火光，也非方向的一团火。但它的作用就是火。

25

诗人之间的交谈，就像消防车之间构筑的爱情。熄灭的——不是彼此心中的火，而是诗歌创造的火。

去同情那些浑蛋。我们。那些在地狱之火中行走，但并不（快速）移动的人，听着贝壳的声音，而在我们耳朵里，听到的却是它真正的咆哮。

很快。然后大海顺势向我们移动。仿佛死是我们所有悲伤的借口。

鸟儿飞走了。海浪拍打着海岸，拍打着岩石，拍打着海洋作为海洋所意识到的任何东西。从容不迫。

潮汐会把我们给予它们的骨头送回来。

26

可是他们两个却烤着心。人类事业的不朽嘲弄者。

难以置信，照片上没有他们的脸。他们两个。即便他们不像是一种奇怪的语言。

从上到下是一个宇宙。超越这些词的本意和潜藏之意，该死的，这些词将会是什么。一个容器，真理的囊泡。

然而它们也会让人心碎。这些人类——未曾编码，未有密码，只有纯粹的存在。超越了"美"这个词。

他们是人类事业的创造者。超越了"焊枪"这个词，他们两个，拿着焊枪对准所有的美。

27

我是什么，我想要什么，对每个人要求什么，这些问题渐渐地成为了鬼魂。往下，走向他们在地下世界发明的第一个隐喻（纯澈如河）即洞察力。作为一个可以更进一步的地方。

这是他们累得无法创造宇宙时发明的第一个隐喻。这些阶梯。下降之路。一条河之源头。

逝者与过去不同。不要像过去那样。通过抓住他们的拇指而抓住他们的手。一种尽释前嫌的姿态。

杂草中的眼睛（我是，我曾是，我将是，我不是）。鬼魂现在已经注视着的眼睛。我们的眼睛。他们和我们之间信念力量的较量。

28

我们并不讨厌那些听它、读它、评论它的人。他们和你一样。这就好像他们或你观察到一个持续的时刻：海浪拍打着岩石。编写一本诗歌教科书是为了进行解释。我们不讨厌那些聆听海浪拍打瞬间的人类。

它是假的。真正的诗歌在我们之外，在他们之外，像胶水一般断裂。岩石不在那里，真正的鸟，它们看起来像海鸥，在真正的岩石上筑巢。靠近边缘。海洋（习惯上如此看待）之神，那未被信仰的道，是海的真正边缘。

一种私人语言。他们，带着我们到处走。未能理解。

29

他们已经失去了一个名字的意义，是不重要的。你必以此而胜①（或不安的、被动的可能性困扰着无法安睡的海洋，而不安的诗人用他们的隐喻来支持海洋是如何不存在的）。

现在吉姆的事情就要结束了，除此之外，我什么也看不见了。就像没有真鼻子的假鼻子。没有面目的人。

死人真正的声音。号角吹响，宣告他们来过此地，而且还活着。他们银铃般的声音。

活着。就像活着的人忍受的噪声。尤其像"吉姆"这个词——而不是这个词本身。

---

① 你必以此而胜（In hoc signo vincit）：拉丁语。罗马皇帝君士坦丁宣称在梦中看到早期的基督宗教符号凯乐符号，且听到一个声音说——"你必以此而胜"。于是他将该符号用来指耶稣，并将之用在他的军旗上。

圣杯

圣杯（The Holy Grail）：耶稣受难前吩咐十一个门徒喝下红葡萄酒时用的杯子，里面盛满了的酒象征着他的血液；圣杯的意象经常出现在有关亚瑟王的系列传说中。斯派赛是侦探小说和阴谋论的粉丝，该诗被认为是对玛丽莲·梦露之死的讨论。玛丽莲·梦露于1962年8月5日去世，此诗第一次被阅读是在1962年8月23日，其极可能是在消息公布后几天甚至几小时内写成的。

高文①之书

1

托尼

轻松一点,我相信有治愈

高文的希望,

如果他看到病中的国王像盘子里半生不熟的

  鳗鱼一般蠕动,问出一个谜语,也许只有

  鬼魂才能回答

他千疮百孔②的身体。如何治好它?

高文并非鬼魂,并非收集不到任何东西的

宾客

那里曾有一个容易得到的圣杯。

后来射杀了一个绿骑士③

在死寂森林里

这曾是一个简单的答案

没有国王

没有谜语。

---

① 高文(Gawain):亚瑟王传说中最具风度的圆桌骑士,亚瑟王的外甥。
② 作者使用了双关语:"riddle"作为动词时意味着"打孔,使遍满窟窿",作为名词则意味着"谜语"。
③ 绿骑士(Green knight):指在14世纪英文叙事诗《高文爵士与绿衣骑士》中提及的神秘骑士,其主要功能在于蛊惑圆桌骑士并对其进行裁判和考验。

2

在某座古堡里，某个骑士与一个看不见的
    对手下棋
那当然是个少女。
你能听见棋盘上的木头的声音和某个
    骑士的呼吸
这又是一次落空了的探险。乔治
告诉我他认为下棋当中唯一重要的事
    就是干掉对方的国王。我指责他缺乏
    想象力。
我谈到了快乐和想象，但我好奇的是诗歌的
    本质，因为从前有个骑士与一个
    看不见的对手，他们下棋，
    在圣杯之堡。

3

圣杯是诗歌的反面
填满我们，而非把我们当作让死人用的杯子
圣杯，基督血液之杯，爱尔兰神话中的
    丰饶之杯
诗歌。反面。我们。尚未被充满。
这些世界使人与人之间的友情显得
    亲密，像嘴唇挨近杯子一样。

不可一世，野兽在森林里肆虐。

  危机四伏。

4

每个人都钦佩勇气，当他和他打斗时

  他赢了

谁赢了？

我不太确定，但一个身着红色盔甲，而另一个穿了黑色盔甲

我不太确定那些颜色，但他们一直寻觅着一只杯子

  或一首诗

任何世界中的每个人都钦佩勇气，而且

  我不太确定他们两人中谁是人类，以及他们

  所寻觅的能否被定义为一只杯子或一首诗歌，以及

  他们俩究竟为何打斗

他们在森林中发出巨响，乌鸦聚集到了

  树上，而你几乎可以肯定它们就是乌鸦。

5

海上

（圣杯传说中从未提到过海洋）

有一艘小船。

上面总有一个孤独的人驾船

反向航行。

他的名字要么叫凯特,要么叫鲍勃,要么叫多拉,其性别几乎
　　如他的生平一样含糊不清。
但会有一船唱着歌的女人迎接他,她们用
　　甘松、香料和所有圣物为他做防腐
像大海一样
在遥远的远方。

6

他们依然寻找着它们
诗歌与魔法从相反的角度看待世界
一个从前者,另一个从后者
整个不列颠都是如此(但放弃这一切将是多么令人宽慰啊
并在别人的灵魂和肉体中找到解脱)
勉为其难地
梅林①如是说。
他是看透了时间的那个人。

7

故意
背对着灯光
他们说,圣杯

---

① 梅林(Merlin):英格兰与爱尔兰传说中的传奇魔法师兼亚瑟王的精神导师。

是通过稳定的妥协而获取的。

无尽的

回报在那里，在彩虹底下——顺着

  看不见的标记走

我，高文，不再是人类，而是跟着标记走去了的

  传说

去做了

或多或少按他们的要求

而如今我的名字竟成了耻辱的象征

我，高文，曾是黑暗森林中的圣杯骑士。

帕尔齐伐尔[①]之书

1

傻乎乎的

杀手,潜伏在每棵树的枝间

鸟之语。

为自然所愚弄后,我

优雅地接受任务

扮演着那个傻瓜。傻乎乎的

杀手在树枝间等待。

离开家。傻乎乎的杀手也离开家。跟着我。

傻乎乎的

杀手以为在我找到圣杯之前

  他就会抓住我。可怜的

小男孩,在森林中

跳舞。

2

当他离开时,连森林都感到自己被抛弃了。多么荒唐啊!

巨大的树木。有鲤鱼的湖泊。狼

[①] 帕尔齐伐尔(Percival):亚瑟王传说系列中的重要人物。

与獾。它们

是否应该因一个离开的浑小子而感到被抛弃?

连森林都感到自己被抛弃了。没有树叶掉落

  也没有人听见声音。

风遇到了阻力,但没有响动,水里

听不到天空的声音。

帕尔齐伐尔

傻乎乎,如獾、松树、碎浪,

消失不见。

3

"傻瓜船。"智者对我说。

"我以前在芝加哥的一家百货店工作。"我告诉

  这位智者,其实他并不知道这里会有一艘船

它细小的风帆,形如圣杯

将会支撑我

一生的挚爱

以及我所做的每个不可能的选择。浪

打浪。

"傻瓜!"我听到它们在喊,因为我们被困在了

  某个不可能的港湾

圣杯与我

身着不存在的盔甲

那些幽灵

让船只前仰后合。

4

如果没人跟我决斗,我这辈子就得穿着
这身盔甲了。我看起来像"奥兹国"里的锡樵夫。
已锈蚀得面目全非。
先生,我是一名骑士。只是迷惑于
事物在我身边走来走去的方式。最终
 它们流进我的嘴巴、脑袋和红色的血液
啊,这些该死的试图损坏我的东西
这套盔甲
愚弄了
他自己体内的
活物。

5

隐士说跳舞,我就跳舞
我总是在路上遇到隐士
他们告诉我做什么,我就做什么,或一气之下放弃
总是知道别人对我的期望。
她用自己的洗澡水让自己触电身亡
我拔下了插头
发现里面一片黑暗(隐士说过)

比任何圣物还深邃。

6

激励我的不是寻找圣杯或找到它

而是装傻（傻瓜杀手在我身后

装傻。）

我知道那个杯子、那个盘子或我与之战斗的骑士

    都与此无关

傻瓜杀手和我在同一片大海里钓过鱼

"在谁的鱼线末端？"有一次我在自己影子中

    遇见他，我问道。

"你问错了问题，"随即我的影子跳起来

    撞在了一块石头上，"或者说，错误的问题

    问错了人"

我此刻

就被吊在

他的线的尽头。

7

没有看得见的支撑

圣杯无端悬在那里，像十月里的六月浆果或

    我感受过却忘却了的东西。

我身处一座宫殿与一片海洋

一艘在潮头抛出水柱的船

一只圣杯,一只真正的圣杯。鲨鱼般张开大口。

圣杯悬在那里时,海鸥们绕着它盘旋,我

  生存的痛苦也就此有所缓解

"傻瓜",他们唱的声音,更像是天使在看

"傻瓜。"

兰斯洛特①之书

1

托尼（另一个托尼）

不列颠所有森林中的所有鹿都吃不起

  这道菜

兰斯洛特抓住了时机，听到了不贞的麻雀

  在不贞的树林里囔囔细语

它们甘愿以儿子或它们自己为代价。

更简单一点，你粗重的手（以及不列颠所有的鹿）

  恰是圣杯搜寻者所需要的。

2

走在沙滩上，你们都听到了大海的

  声音。

塔拉瓦②、爪哇的水手们，点燃浇在背上的油

拼命地游泳。

你说，他说，毫无意义地说，海滩的

海洋圣杯在029点。

---

① 兰斯洛特（Lancelot）：亚瑟王传说系列中出现的人物，通常被描绘成亚瑟王的亲密伙伴和最伟大的圆桌骑士之一。

② 塔拉瓦（Tarawa）：基里巴斯的一组环礁。

在它渗出的浮油中，音浪

扫过海滩，仿若它们想要变成人类

水手们尖叫起来。

走在沙滩上，不管喜不喜欢，他们听到了

  大海发出的

声音。

3

没有人比来参加晚餐的陌生人更奇怪了

他能模仿任何人、任何物。

"当他们开始攀爬旧闪光灯的背面时"，

  刚打了一垒的跑垒员几乎超过了他

  "该放弃了。我再也不打球了。"

差点就看到杯子了，兰斯洛特，泪水夺眶而出。

4

人与人之间不可能存在爱

试探。而一切都命中注定。

似乎存在着一大片空无人烟的沙滩。

每个人都在路上互相呼唤。而它本质上是海洋。

格雷厄姆，你明知我有多爱你、你有多爱我

但什么都无法阻挡潮水的咆哮。圣杯，不在那里，

  它变成一束光，如灯塔或海沫一般

不可能存在于此

不，格雷厄姆，我们俩都无法阻止它的脉搏和跳动

咆哮声。

5

兰斯洛特只上了桂妮维亚[①]四次。

他上了伊莱恩[②]二十次

至少。她生一子，难产而死。

英雄兰斯洛特害怕被问到："圣杯是何物？"

　　这无人问过。

山上所有雪

有段时间

是

他所需要回答的问题。

6

爱尔兰人仅发明了三种有用的东西：

波士顿、圣杯与仙女。

这并不是说波士顿、圣杯和仙女们

　　不存在。

---

① 桂妮维亚（Gwenivere）：亚瑟王传说中的中世纪早期大不列颠女王兼亚瑟王的夫人。
② 伊莱恩（Elaine）：亚瑟王传说中的女性人物。

它们确实存在,且会及时得到证明,如同

  你抽的好彩香烟[①]或

  你祖母来自的村庄。

杰克,撇开玩笑不谈,这很像正在走进那片危机四伏的

森林

兰斯洛特已毫无容身之地,他杀死的人

比你们爱-

尔兰人所能看到的还要多。[②]

7

他有橙子的全部幽默感,高文曾给

  他一位值得信赖的朋友解释道。

他的荣誉感太弱了,无法承载他的身体

他骑的马(达达主义)哪儿也去不了。突兀地,

  在宫殿里,他独自徘徊在知识分子仆人们中间

当他出去寻找那件东西时,他给自己唱歌。

显然

圣杯不会是他的。

[①] 好彩香烟(Lucky Strike cigarettes):美国香烟品牌。
[②] 原文为:No Place for Lancelot, who has killed more men than you I-Rish will ever see。

桂妮维亚之书

1

兰斯,让我们弄清楚我们身处何地
在称不上海洋的某片内海的
  海滩上
我们身后的河水是绿色的。
河湿漉漉的。上面浮着的,不是圣杯女主人,
  不是几位魔术师以及死海鸥。持续地
谈论同一主题。没完没了地,合唱着狂野之曲——
  这音乐的魔术
湖中妖女①,我恨死你了;受不了你的风
吹得如此随性。听着,
我是桂妮维亚。

2

问题极其简单。假如我没有问过
  "你们为何让我进入圣杯城堡?"
  那么

---

① 湖中妖女(Lady of the Lake):英格兰及威尔士神话中出现的数名拥有神奇魔法的水中妖精。其主要登场于亚瑟王传说,因她赐予了亚瑟王传说中的王者之剑与剑鞘而出名。

我便一辈子都进不了圣杯城堡。这会阻挡

　　他的决心。

我已对无形世界及其有形的努力感到厌恶

什么样的眼睛

(你的还是我的)

值得看见它

或者，兰斯，什么样的眼睛（你的还是我的）在

　　我们对视而忘记圣杯城堡的片刻，起码

使之值得一看？

3

现在是耶稣受难日。他们正在圣杯城堡里做着弥撒

愚笨的老国王

数次

等候着鞭子、白醋、长矛①

不是基督，而是基督的替代物，毕竟基督本身是个

　　替代品。

你们这些骑士，将他从十字架上扯下来，仿佛他是

　　一个变成了癞蛤蟆的童话公主

盛血的杯子，血渗入

的是一个恶作剧，一个洞

我看着它消

失。

---

① 长矛（Lance）：双关语，既可理解为兰斯洛特，也可以理解为"长矛"。

4

你不懂的是深渊和阴影

它们会长大,兰斯,尽管太阳一天就把它们遮住了。

圣杯在此处,圣杯在彼处,圣杯明天是

光的一个把戏。

光从杯中流出的一个把戏

你说,只知道那坚硬的岩石

那外壳

它们以某种方式幸存了下来。

除此之外,深渊和阴影不知何故

又回来了

每个人对他来说都不是骨瘦如柴和必死无疑的

月亮

月亮很美,它是地球流淌的

外壳。

5

有时我很好奇你在寻觅着什么。基督离世后的

那个礼拜一,几个女人来到他墓前,

  天使说:"你在寻觅着什么?"

这是一个明智的问题。

刺穿他肋旁的血淋淋的长矛、鞭子、白醋

  都化为遗迹

何必抽打一匹死马?

那些女人,显露的模样并不比她们应有的好

    没看见他

如果真的有基督

这必将发生在圣杯城堡

6

嘘!我来告诉你们这些

鬼和半鬼

你们不知道会发生什么。

会如你一样出现在适当的地方吗,兰斯

盐湖城,纽约,耶路撒冷,地狱,天国

像黑暗港湾里的一盏灯一般光影变幻。该死的

直挺火焰的鬼魂、小妖精、狗头人、在地下

    吃珠宝的小矮人,这些看起来

除了让你历险以外

别无用处的生命。

赤裸裸地

我躺在这张床上。我周围的

幽灵们给自己以生气。

嘘!你好!

兰斯,杯子很重。把杯子放下!

7

这只茶杯曾盛过基督的血。兰斯,你真有礼貌

你手下所有的英雄真有礼貌

他们会让猫尖叫。

昨晚我梦见了你的身体变成了一场巨大的

  冒险。野马

无法将它从自己身上撕下来。

我

当时是你环游的整个地球

岩石、沙子与水。

基督以及这只小茶杯

一直处于我们中间。

兰斯,我那时是个巫师。我的身体并不是地球,你的身体

  不是野马或野马撕不下来的东西

轻轻地,你的身体摇醒我了

我看到了弯曲的清晨

梅林之书

1

"去坐牢。直接去坐牢。别往前走。别捡
 那200美元了。"[1]
身体赤裸的声音听起来像是穿透一切屁话的
 一只小号。
你不要去坐牢。你待在那里,对任何有形的
 或形而上的警察的行为无动于衷
你表现得像甘地一样。你的
魔法将会胜过他们的魔法。你如饥似渴地等待着
 那一刻。
罢工
反对真实的事物。殖民地的亨吉斯特和霍萨[2]
入侵不列颠等于入侵心灵。

---

[1] 此话出自美国棋盘游戏《大富翁》(Monopoly),该句已在流行文化中广泛使用,用于描述强加于人的行为,但只会产生负面结果。这句话来自游戏的机会卡和公益金卡,如果玩家落在特定的空间上,则必须从中抽取。
[2] 亨吉斯特和霍萨(Hengest and Horsa):英格兰传说中的一对兄弟,约在5世纪率领盎格鲁、撒克逊等民族入侵不列颠。

2

目所能及

满是沼泽与荒野

鸟鸣不使人清爽

橡树又秃又弯曲[1]。

迷失在自己冒险的危险中

圣杯探索者聚精会神

第一次是个犹太人偷走了圣杯

然后是一个犹太人死在了里面。

这便是不列颠的历史。

幽灵世界的政治,随意如美索不达米亚王国
 的政治

梅林(他看到了两条路,一条在河之尽头,
 一条在河床)在童话

之外。

3

他用密室里储藏的

某种贝壳自建的塔

他曾假装过自己是座电台,每天
 不分昼夜地听圣杯音乐。

---

[1] 以上四行均用德文写成,下文亦夹杂着若干德文词语。

因不完全是他自己的背叛而住嘴（他记不起
　　究竟是谁的背叛）他预测了
　　不列颠的将来。
他说，土地是中空的，到处都是洞穴和裂口
　　大到老鹰或夜莺都会在里面迷失
爱，
圣杯，他说，
不管发生了什么。

4

除此之外，一切都会很精彩
旗帜迎风飘扬。为现场观众
举办的比赛。分离，好似从喉咙到腰部或
　　从黄沙到海洋。
异国的
旗帜。
旗帜盘旋于微风中
玛丽·贝克·安迪①独自挣扎着
帮礼拜四解渴。谢列达②，
啊，山上多么寒冷
上面白雪覆盖

---

① 玛丽·贝克·安迪（Mary Baker Eddy, 1821—1910）：美国宗教领袖和作家，先后创立了基督教科学第一教会、《基督教科学箴言报》等。
② 谢列达（Sereda）：斯拉夫语中的姓，意为礼拜三。

多么像

旗帜。

5

然后想到梅林就不仅仅是被囚禁的

    梅林了

一座监狱城堡

就此建立。

萨科与范泽蒂[①]、狮心王[②]以及迪林杰

    这些差点丢失了圣杯的人。政治犯们

政治犯们。愿意从坟墓里爬起来。

"敌人就在你自己国家内部",他写道,

    当高文与帕尔齐伐尔以及几乎所有其他人

    蹒跚地追着幻影时

那里有一个圣杯,但他不知道

它也被囚禁了起来。

[①] 萨科与范泽蒂(Sacco and Vanzetti):指美国无政府主义者尼古拉·萨科(Nicola Sacco, 1891—1927)与巴托洛梅奥·范泽蒂(Bartolomeo Vanzetti, 1888—1927),他们都是意大利移民,曾被指控于1920年4月15日于美国马萨诸塞州的一桩武装抢劫案中谋杀了两人。七年后,他们在监狱的电椅上被处决。

[②] 狮心王(Lion-Hearted Richard):指理查德一世(1157—1199),中世纪英格兰王国的国王。

6

就这样吧,克莱德①,不如赶路作别

就这样吧,克莱德,不如赶路

你不是青蛙,而是欲火中烧的癞蛤蟆。再见,拜拜,

  后会有期。

海滩到达极致的瞬间。穿过黄沙小径。

而这只癞蛤蟆在雾茫茫的水的阴影中

  疯长。湖中妖女。骇人听闻。

这并非结局,因为就像一颗遥远的子弹

一艘大船出现。我看见其上空无一人。我是

  被囚禁于圣杯城堡一隅的梅林。

7

"在家乡,你将重归于我"

家乡。近在咫尺的家乡②

有人叫你接电话。

有人叫你接电话,来警告你不列颠将会

  发生什么。她给予你的大银塔。你

  身在其中

---

① 克莱德(Clyde):或指克莱德·切斯特纳特·巴罗(Clyde Chestnut Barrow, 1909—1934),他与妻子邦妮·伊丽莎白·帕克(Bonnie Elizabeth Parker, 1910—1934)是美国大萧条时期有名的抢劫犯。
② 前两行原文为德语。

有人召唤你，去卜知你的祖先们迁移而来的
　　岛屿
从此以后会不会有将事物之心撕裂的圣杯
　　或炸弹？
我说，除非发生些什么，否则不列颠
　　未来七年内不会有果实。

加拉哈德①之书

1

后院与谷仓空地

假如他当时能闭一会儿嘴,他就能

  领会美国的大草原

我是说,是惠特曼②而非加拉哈德,出生时

  他们都口含同一条讯息

从长岛湾来思索美国,或从纯洁角度

  来思索圣杯,真是愚蠢,这并非太坏

  而是有点像傻子,以为词语或诗歌能拯救你。

那些还在大平原上行走的印第安人都死了,

  寻找圣杯的人也都死了,他们俩对此都毫不知情。

迎风时变得天真无邪,一只鸟真实的鸣叫声

被发明。

2

加拉哈德是美国间谍发明的。其存在

  毫无依据可言。

---

① 加拉哈德(Galahad):亚瑟王传说中取得圣杯的三圆桌骑士之一。
② 惠特曼(Whitman):沃尔特·惠特曼(Walt Whitman,1819—1892),美国著名诗人。

世上有些人，对他们来说，真与假都是
  可笑的。出生时
加拉哈德笑了，因为他母亲的子宫如此
  滑稽。他嘲笑做英雄的感觉。
纯洁。他一笑，肉就从他的体内掉了下去
而圣杯手电筒般出现在了他面前。
无论字里行间
能看到什么。

3

"我们要去见魔法师、奥兹国的魔法师"，
该死的澳大利亚人徒然地向着希腊进发。
杯子说"喝我"，我们就喝了
收缩还是伸展，取决于子弹如何击中我们
加拉哈德的愿景更清晰。是那场战争中的党卫军军官还是
  焦躁不安的军官（比如阿尔巴尼亚人），正试着透过他的眼镜
  勾勒杯子的轮廓。
圣杯依旧存活
且如蜜蜂一般
盘旋在营地、他们的爱人与尸首之上。蜂蜜制造者
该死的澳大利亚人，徒然地向着希腊进发。

4

从冰冷的苦杯中,饮那烈酒。

我来告诉你这个故事。加拉哈德,这伊莱恩的野种

曾是唯一被允许去寻觅它的人。以如下方式寻获:

  死人未能复活,荒原未成沃野。

  野蔷薇和榆树也没有抽芽。

我教你如何爱戴游骑兵司令

如何手持六发式手枪而绝不逃跑

野蔷薇与榆树,并非人类,忍受着

在某人的半梦半醒中的漫长旅行。糟糕。

5

接着变形。化身为箭矢,化身在沼泽上空起伏、

  在阴影中丧失其旧灵魂的地雾,化身

常春藤之泪,而非像别人那样变成

圣杯傻瓜。整片失落的土地都出来迎接

  这位战士

求生之人拥有之地上的唯一死者,

梦的骗局

怪物

随意地,不似幽灵般地

离开这个故事

而土地依然如故

故事也依然如故
没有手
在阴影中匍匐而出。

6

圣杯不过是一只食人者的罐子
有些人吃，有些人不吃
这是加拉哈德所思。

圣杯主要在高空
那里男人不做爱，女人不凝视
这是加拉哈德所思。

圣杯如破晓时分用嘈杂歌声
震碎大地的椋鸟一般活跃
这是加拉哈德所思。

但圣杯就在那里。像一只红气球
它带着他凌空飞过月亮
这是窘迫的加拉哈德所思。

星际之血、地面之食
这唯一被发现的联系
是富裕的加拉哈德所思。

7

圣杯如鼠或藻一般普通
并非遗失,而是错置。
有人寻找一封他明知就在屋子里的
  信
找到它,对此信来说毫无益处。
圣杯之国被一场暴雨浸泡
在为天气而忧虑前
他们种植南瓜、洋蓟、卷心菜或任何他们
  以前种过的东西。人们
最终无处可去,只得向上:加拉哈德的
遗嘱。

亚瑟王死亡之书

1

"卖非归他所有东西的人

要么赔钱,要么入狱,"[1]

杰伊·古尔德[2]、康内留斯·范德比尔特[3],抑或

  想象中任何其他百万富翁

——正在卖空。

内心

也是空的

以每秒一又四分之一跳或类似的速度跳动。

  玩弄了所有人。

我是史书中

---

[1] 此话出自丹尼尔·德鲁(Daniel Drew,1797—1879)。德鲁是19世纪中期的美国金融家。1834年,他进入轮船行业,但输给了康内留斯·范德比尔特。1864年,他再次与范德比尔特竞争,他卖空了哈莱姆铁路(Harlem railroad)的股票,但范德比尔特买下了全部股票,德鲁由此经历了惨重的损失。

[2] 杰伊·古尔德(Jay Gould,1836—1892):一位镀金时代(1865—1904)的美国铁路大亨和金融投机者。他敏锐且常常不择手段的商业行为使他成为19世纪末最富有的人之一。

[3] 康内留斯·范德比尔特(Cornelius Vanderbilt,1794—1877):一位依靠航运和铁路致富的美国工业家、慈善家,外号"海军准将"。他捐资创办了以他为名的范德比尔特大学。

灰色城市卡米洛特①的王

大门，未经人手

洞开。

2

玛丽莲·梦露②遭受一瓶安眠药的袭击

后者犹如装满怒蜂的一个瓶子

刺我，她说

刺她，我照做了

我已不在那里工作了。

问与答，一如既往。我不记得自己

  什么时候已不是国王。岩中的剑好比

  我母亲讲述的一则童话。

他夺走了她的性命。而当她坐上驳船漂到此地或

  出家入道，或以死者模样出现在报纸上时，这是

  他的羞耻，而非我的

我是国王。

---

① 卡米洛特（Camelot）：亚瑟王传说中的王宫所在之地。百老汇曾有一部音乐剧名为《卡米洛特》，其中有一句歌词这样写道："不要忘记，曾有一个地方，一个短暂的闪光时刻，那个地方叫卡米洛特。"这一段是肯尼迪总统最喜欢的歌曲。因此，这里有将"卡米洛特"暗指白宫、将亚瑟王暗指时任美国总统约翰·肯尼迪之意。

② 玛丽莲·梦露（Marilyn Monroe，1926—1962）：出生于洛杉矶，美国女演员、模特、制片人。1962年8月5日，玛丽莲·梦露在洛杉矶布莱登木寓所的卧室内被发现去世，终年36岁。有很多人认为她不是自杀，而是被谋杀。一些舆论认为梦露之死乃由于她卷入了肯尼迪家族与政治圈的黑幕。

3

在神秘女人①的片段中，例如，一头
  雄鹿②、一条猎犬，以及一位仙女，一名英雄的
  历险记都少不了这些要素，
  经过明智的安排，它们为三名骑士布置
  艰巨的任务，而少女自己却与另一个情人
  走了。
从此，借助一次狩猎与一艘仙船，三名英雄
  被运到三个不同的地方。当他们醒来
  那艘神奇的船已消失不见，而悲惨的冒险都
  等待着他们。正如所料，他们中间没人如我们自然期望
的那样，
  被小船载着走向了仙女的爱
显而易见，我们正处理的是歪曲了其原始形态
  的材料。

4

微弱的鼓声，微弱的信号
人们半真半假的方式与
  半真半假的方式不同

---

① 神秘女人（damoissele cacheresse）：原文为法文。关于该神秘女人以及一只猎犬的故事出现在某些版本的亚瑟王传说中。
② 在亚瑟王传说中，鹿代表超凡脱俗的信使或骑士对纯洁和救赎的追求。

在那里，一顿饭可以吃一个世纪。

出来迎接我。我，亚瑟

过去与未来的国王[1]，膝盖上放着班卓琴。

我，亚瑟，冲我的孽子大喊："你要谋杀的

    是我啊！"

听他们说，也有问题的他们

他们微弱的　叫声。　　　微弱的叫声

（它们会留在卡米洛特长达数百年）我微弱的

叫声。

5

我已忘记为何圣杯重要

为何有人渴望触及它，就像触及一扇你未闭的

    窗户。未闭

这意味着什么？哪位骑士会为触碰到它而与

    蠢货和科布利[2]搏斗呢？

关于王国，我能忆起甚多。我立志建立的

    和平。错误的笔记[3]，错误的笔记，梅林

    曾跟我说过，将会杀死我。

---

[1] 原文为拉丁文。

[2] 科布利（Cobblies）：美国作家克利福德·D.西马克（Clfford D. Simak，1904—1988）科幻小说《城市》（*City*）中的怪物。

[3] 有人认为玛丽莲·梦露之死可能与她记下的一本秘密日记有关。这本日记记载下了梦露和肯尼迪兄弟俩的大多数"枕边谈话"。斯派赛大概也采信了这种说法。

抵达医院前,已死亡。阿瓦隆①上

有超市——死者与死者交换尸骨的地方。

  英雄们什么都不问的

地方

6

黑暗依旧。即使是在富有的渔夫

  已尽其所能保护了家与母亲之后。它

    就在此处,如太阳一般。

不是失败的战斗,甚至不是被打败的人

但黑暗自得生机

在我们的火堆边

在家中,与我们

以及一只巨大的、那些骑士从来不曾

  碰见或发明的反圣杯一起

就像明天一样真实。

这并非死亡的威胁。他们本可以对付它。这

  甚至不是坏魔法。

这无非是在物体之间来回奔跑的洞口。没有王国

  能幸免于难。

更别提收复

失地。

---

① 阿瓦隆(Avalon):亚瑟王系列传说中的一座神奇的岛。

7

萦绕王子脑际的噪声。传播很远的
    一种噪声

它穿过机遇、木屑,

"将来时,"一颗金色的头说道,

"现在时。过去时。"

打瞌睡的徒弟从来不敢告诉师父。一种
    噪声。

它扰动我去审视这片国土。枯枝。叶子
    甚至无法冷酷地夺取它们在心灵之树上
    应有的位置

扰动我

亚瑟,国王和将来之王

萦绕王子脑际的噪声。用上帝语言说出的一句话。
    不顾周遭的荒谬,这令人不安的音乐。

地图诗、语言

1963——1965

地图诗

111

波德莱尔之国。炎热。没有黄金的山冈。在它左边或右边发生的事,真令人惊异。

牧场建立在游牧家庭早已遗忘的希望之上。

山谷是指你望不到山脉的山谷在不太冷的冬天,水最终会从那里倾泻而下。

怀疑。

137

来自外太空的小人与吃青蛙的生物。自1900年以来,为探奇的游客服务的旅游酒店。

其下的四周是一条永远不攀爬沙斯塔山①的铁路。

如果他们藏了什么,那就是在这里。但在更低处,你可以去的地方,有疯狂的鹿,它们逃离你和躲藏起来的怪物。

情爱的寡头。

---

① 沙斯塔山(Mt. Shasta):美国加利福尼亚州锡斯基尤县喀斯喀特山脉南端的一座死火山。

155

你背上总有一条河流。死去的采煤工。土壤在这里翻出表面。

无常和坚韧。

被放到山上的一大群牛,这些山对它们来说过于低矮,葡萄对自己在这里作为葡萄的命运也颇为不满。离地面太近了。

斯托克顿[①]港,与中国相距一亿英里。

185

一座通向什么的桥,你问道。地图上没有任何桥梁。这一切不是由沙丘组成的吗?

经过曾是沙丘的海湾,灯光从金门公园[②]的沙丘闪烁到圣拉斐尔[③]的沙丘。

没有海岸线,仅有树木给它做锚。

橙色的高速公路在你手中支离破碎。

217

"我找到了",他边说,边踩上浴缸里的肥皂滑倒了。

一个从来都不算是港口的港口,在一个从来都不算是黄

---

① 斯托克顿(Stockton):美国加利福尼亚州的一座海滨城市。
② 金门公园(Golden Gate Park):美国旧金山的城市公园。
③ 圣拉斐尔(San Rafael):美国加利福尼亚州的一座城市。

金的黄金堆和撤出伐木业、远离人类愚蠢的红木堆旁边。

"你发现了什么?"我没有发现任何东西。一艘渔船,一艘木材船,还有几个人在山上的树林里淘金。

爱情使人发现智慧所弃之物。

爱情诗[1]

1

当我触碰你的皮肤,花儿会变吗?
它们不过是毛茛。它们毫无死亡迹象。它们死了
　　你就此知道夏天已经过去。
　　棒球赛季。
其实
我不记得曾触摸过你的后背,当出现
　　一些候死的花(毛茛和蒲公英)。
　　夏末
棒球赛季结束了。大
黄蜂在几朵可怜的花间飞来飞去。
它们切断了我们脚下的地面。你的手
放在我的背上。巨人[2]
赢下九十三场比赛
在理论上
是不可能的
就像我们可以在草上行走一样。

---

[1] 节选自诗集《语言》(Language, 1963—1965)。
[2] 巨人(The Giants):美国旧金山的一支著名的棒球队。

2

为了你，我愿意在自己周围建造一个全新的宇宙。
  这不是屁话而是诗歌。屁话
仅能以一种形象进入其中。鬼魂在《奥德赛》中
  享用的屁话。当奥德赛给了它们一只假虫饵并
  引诱它们上来吃一些重要的食物。
"为了你，我愿意建造一个全新的宇宙"，鬼魂们都
  叫喊连连，饥肠辘辘。

3

"'汪汪'，桑迪说"
"走到永远挽不回希望时刻的
  那一刻。太多的巴士已晚点了"，休·奥尼尔[①]
  在我们给埃兹拉·庞德[②]的诗章里说。
地面还在蠕动。地面仍未像我想象的那样
  被固定在成年人的世界里。
桑迪如狼一般咆哮。它与它的形象之间的空间
  比我和我的形象之间的空间还要大。
给它扔个蜂蜜蛋糕。地狱已被证明是一系列
  形象。

---

① 休·奥尼尔（Hugh O'Neill）：疑为爱尔兰中世纪的一位国王。
② 埃兹拉·庞德（Ezra Pound，1885—1972）：美国著名诗人，美国意象派诗歌的代表人物。

死亡是一条狗,小孤女安妮[①]是

我的欧律狄刻。多次下地狱,撕碎了它

这诠释了诗歌。

4

"若你不信神,就别引用他的话",瓦莱里[②]曾在

  他快要放弃写诗时说。完全

  停止怀疑的目的,是让地狱里的

  雪球越滚越大。

不是拉弥亚[③],就是女妖,但它们在加州

  就像夜间爬行动物一样真实。

众神或星辰或图腾,皆非狩猎动物。捕捉鲨鱼

  与谈论棒球迥然不同。

反对这般智慧[④]。这些

疲倦的智慧,随着猎手们发展

---

① 小孤女安妮(Little Orphan Annie):由哈罗德·格雷(Harold Gray)创作,并从1924年开始在《纽约每日新闻》上每日连载的漫画《小孤女安妮》(*Little Orphan Annie*)中的主人公。故事讲述了安妮、她的狗桑迪(Sandy)以及她的恩人"爸爸"奥利弗·沃巴克斯(Oliver Warbucks)的冒险。

② 瓦莱里(Valery):指保尔·瓦雷里(Paul Valéry,1871—1945),法国著名诗人,象征派大师。

③ 拉弥亚(Lamias):古希腊神话中以猎杀小孩闻名的女怪物。

④ 原为黑山派领袖查尔斯·奥尔森于1963年发表在油印刊物《开放空间》(*Open Space*)第8期上的一篇文章《反对这般智慧》(*Against Wisdom as Such*)。在该文中,奥尔森将借助室内游戏、精神听写和圣经占卜开展活动的旧金山诗歌界抨击为虚张声势。斯派赛此诗似有对奥尔森反击之意。

用同一把玩具枪来射杀宙斯、半人马座阿尔法星及狼群。
崇拜神灵、星辰和图腾极其困难。却极易
使用它们，就如同破旧的避孕套被你自己的
  快乐、粗鲁和不敬
的智慧溅到一样

5

这便是对诗歌的诠释。距离
无法被测量或穿过。一批同性恋者
  （职权）不能被建造成一间木屋，整个西方
   文明蜷缩在其中。它们勤奋地看星星、书籍以及
   别人变的魔术。
距离，爱因斯坦说，是循环往复的。这
与政党或社交聚会，背道而驰。
它不会留下太多的距离。
因为
在加州沙滩上
它不会给我留下太多的距离。
潮涌
粒子与波
波与粒子
渐行渐远。

6

黑貂逮捕了一把细梳子。

它不适合用耳听。听力

只会阻碍进步。退一步,再看看

  这句话。

黑貂逮捕了一把细梳子。在前往大苏尔①(1945)的途中

  每次我们刹车时,保险丝都会烧断。车灯熄灭,只要

  一动。一只鹿

有一次撞到了我们(1945)并在我们默默刹车时

  阴沉沉地走进了灌木丛。

没有白色的、不发光的大汽车追着他。假如他被撞上了,让它们

  展示他。

黑貂逮捕了最后一站……我觉得此事发生在沃森维尔②

  (1945年黑貂逮捕了细梳子一把)

越过危险进入迷雾,我们

用尽了保险丝。

7

我脑海里那只大吼的狗在罗盘的八个方向上叫着

  "投降。"北、南、东、西,组合。

---

① 大苏尔(Big Sur):指美国加利福尼亚州中海岸的一段多山区域。
② 沃森维尔(Watsonville):美国加利福尼亚州的一座城市。

  我不确定

他说的是我还是你。一个色盲者

  能够读懂信号，是因为红色总在顶部

  绿色总在底部。还是相反？我忘了，我不是

  色盲。我心中的

那只狗无休止地向你、向我吼叫。"投降。"

我不知道我的心在何处。

我的心在高原

我的心不在此处

我的心在高原

追逐那只鹿。我心中的

狗呻吟、吼叫

对猜想视而不见。鹿

你的心与猜想，平静地找水。

8

没有你是真正的痛苦，正如没有诗

  是真正的痛苦一样。

不是在任何情况下，如慰藉、解难等，都

  以小悲剧告终

而是在任一情况下（你或者诗）

都以床伴结尾。

与漂流的杜鹃花和我们未曾一起看到过的

  其他画面不同

我看到了你紧闭的嘴唇、回家时汗流浃背的场景。

9

为了你，我愿意建造一个全新的宇宙，但在你眼里
    租用一个更便宜。欧律狄刻亦是如此。她曾回到
    地狱来确认俄耳甫斯想要建造何种
    屋子。"我称之为生中之死和死中之生。"后背
被箭射中后，肯尼迪总统[①]似乎僵硬了
    片刻，才在历史上获得一席之地。这是爱神
所为。
我向你伸出过我想象之手，你也向我伸出过你想象
    之手，于是我们（在想象中）一起走过了
    尘世。

[①] 肯尼迪总统（President Kennedy）：指美国第35任总统约翰·肯尼迪。

1965

杂志诗之书

诗两首,为《国家》[①]而作

1

瓦砾中浮现出过去的碎片。它先唤起了艾略特[②]

  再唤起了疑惑。他们都是幽灵。无善

  之辈。

相比于我们周围深邃的过去。

眼下的事情向我们发出挑战,过去

却没有如此的顾虑。没有为他送葬的队伍。他在

  痛苦中死去。拇指握住阴茎。

让我们安息吧

我们诗人

一把虚词。

为了一场(真没有想到我还活着,呼吸着,说着话)

美好

又有着不可思议排场的

葬礼。

[①] 《国家》(*The Nation*):美国历史悠久的连续出版的周刊,报道政治和文化新闻、观点及分析。然而,斯派赛对该杂志当时的诗歌编辑、女诗人丹尼斯·勒弗托夫(Denise Levertov)持不屑一顾的态度。

[②] 艾略特(Eliot):指T.S.艾略特(1888—1965),英国著名现代派诗人、评论家。

2

大卡车正在行驶,每辆
都有一名诗歌队长或爱情队长或性事
  队长。这一群人里
一位副队长都没有。
儿时搭便车,是你初次见到他们,他们
  那时还没那么大块头,也并非生死予夺。他们偶尔停下来
  搭你一段,尽管你不得不逃跑。
现在,他们以一种嘲弄人的队形顺序沿着高速公路
  前行。第一辆
卡车将要被第七辆甩在后面了。他们要去的地方
与你站立的地方之间的距离
  遥不可测。
但这些冷酷无情、行动迅速的公路队长
深知于此。

诗六首,为芝加哥《诗刊》[①]而作

1

"柠檬树很漂亮

柠檬花是甜的

但可惜柠檬树的果实

不可食"

在河滨市[②],我们先把橙子保存下来(通过熏硫)

  让柠檬自生自灭。它们通常不会

收成不好。熏硫炉

没让它们振作。音乐

却是恰当的。柠檬树

能生长成真正的魔法。花朵各得其所。我们

被老柠檬果恶心到了。

2

瓦砾中浮现出过去的碎片。它先唤起了艾略特

  再唤起了疑惑。他们都是幽灵。无善

[①] 《诗刊》(*Poetry*):由哈里特·门罗(Harriet Monroe)于1912年在芝加哥创办,是英语世界最古老的诗歌月刊。然而,斯派赛将该刊视作掌握话语霸权的东部诗刊的代表,反对他的学生和朋友(特别是邓肯)向该刊投稿。

[②] 河滨市(Riverside):位于美国加利福尼亚州南部的一座城市。

之辈。

相比于我们周围深邃的过去。

眼下的事情向我们发出挑战,过去

却没有如此的顾虑。没有为他送葬的队伍。他在

 痛苦中死去。拇指握住阴茎。

让我们安息吧

我们诗人

一把虚词。

为了一场(真没有想到我还活着,呼吸着,说着话)

美好

又不可思议的

葬礼。

3

在遥远而茂密的越南丛林里,什么都不生长。

在瓜达尔卡纳尔岛①上,除了一种灌木,什么都不生长,它

 更像你难以启齿的最好的朋友在酒吧里

 的一番谈话。

 三张

床单随风飘扬。当下

无风。

当下

---

① 瓜达尔卡纳尔岛(Guadalcanal):所罗门群岛最大和最主要的岛屿。

无艇。一片丛林

不会使用救生艇。狙击手都死了

无论哪颗子弹射中了他们。他们的

每一面。安

全交付。

4

无法理解

 柠檬的果皮（也称外皮）

它以椭圆形绕着自己转，这与被普遍认为

 吃起来容易的橙子大不一样。

它在罐头厂可被榨作各种的提取物，但这些提取物

 仍非柠檬。橙子没有这样的命运。它们

 与以前差不多。品相差的变成冰冻的

 橙汁。品质好的橙子则为人食用。

我猜是柠檬的外形，带来了麻烦。它是

 椭圆的，它是果皮。不知怎么，我的爱到此为止了。

5

片刻的休息。不跟你睡，我一刻

 也睡不着。然而每一刻

似乎很难理解。时钟

报时。在精心安排的仪式中，它们在

倒计时。
早上六点，用某人昨晚发送的消息
　　来吵醒我们。
为穿透黑暗，你需要一座报时的钟。
　　早上拥有可抓住的东西
随着一个人越来越擅长写诗，他便能看出那些
明显的寓意（以公鸡代替时钟）
但却忘了赋予他们时间的那份爱。

6

片刻的休息。身体纠缠在一起，却并未
　　纠缠在睡眠中。我们能否挣脱我们的
皮囊去跳舞？床罩
跟两张皮囊一样零乱。
或者我们曾经穿过的、正在穿着（高潮）、
　　想要或即将穿上的皮囊。如此紊乱。
　　一场噩梦。
片刻的休息。皮囊
它们都在
身边。
我看到了我的鬼魂和你的鬼魂一起跳舞
　　却没放音乐。
脱
掉

皮囊。

一场好梦。片刻的

休息。

诗三首,为《蒂什》①而作

1

一个心灵在你称之为你心灵的瓦砾堆里

  跳动。

它偶尔会使我吃惊。

"让我吃惊吧②",达基列夫③对尼金斯基④说。后者立即

  做到并发了狂。灰色社会中的一个疯狂想法。

你所听到的就是你从那里听到的。你所向往的是

  别人在远处向往的。没有鱼饵

  只有一个鱼钩的一条长鱼线。

尼金斯基跳得很好。他当时是

玫瑰幽灵⑤。(我不太确定谁是达基列夫,

---

① 《蒂什》(*Tish*):一份以诗歌时事通讯为主要内容的油印小报,由加拿大不列颠哥伦比亚大学(University of British Columbia)的学生诗人于1961年创办。该时事通讯的诗学建立在黑山派的诗学基础上,但也从罗伯特·邓肯、杰克·斯派赛那里汲取灵感。
② 原文为法文 Etonez moi。
③ 达基列夫(Diaghilef):指谢尔盖·达基列夫(1872—1929),俄国戏剧界的重要人物,生前经常在法国进行演出。
④ 尼金斯基(Nijinsky):指瓦斯拉夫·尼金斯基(1890—1950),俄国舞蹈家和编舞家,年轻时与达基列夫有过亲密关系。
⑤ 玫瑰幽灵(*The Spectre of the Rose*):法国作家让-路易·沃杜瓦耶(Jean-Louis Vaudoyer,1883—1963)创作的芭蕾舞剧,1911年由达基列夫和尼金斯基分别执导和主演。

谁是尼金斯基。）反正他们都已死了。

2

打动我的，不是欲望而是你的颤抖。兴许欲望
　　也在冰点以上
十度左右。
我想象着加拿大的飞鸟，它们无力地飞过
　　雪云，而你当时是依偎在我手掌里的
一只战栗的小鸟。
事实上你不是，于是我想到了那些雪雁（如果它们确实存在）
　　在北极的风中无法动弹。那时你显得
　　更像一只麻雀
啄着雪地上残留的最后几粒谷物。
抓紧你的手和你抓紧的手
　　都低于30摄氏度。
麻雀引发的问题。

3

你可以将一匹马牵到水边去，可是你无法让他饮水。
　　忒勒玛科斯[①]
因父亲的缺点而沮丧。如今

[①] 忒勒玛科斯（Telemachus）：古希腊神话中奥德修斯与珀涅罗珀的儿子。

他踏上过的每座岛,都不复存在

那匹马,无论牵不牵到水边,仍在那里。拒绝

最低限度的进食

我们每个人内心深处都有类似的马匹

拒绝最好的溪流,仿佛这些浓厚的水流也

  拒绝我们。数英里

又数英里之后,马匹与骑手,

你们会说些什么?爱情

为什么不像它应该看起来的那般伟大?

还有柏拉图《斐德罗篇》[①]中的黑马和白马。你可以

将一匹马牵到水边去。

[①] 《斐德罗篇》(Phaedrus):柏拉图的对话体著作。对话是在托名的苏格拉底同智者派和修辞家的信徒斐德罗之间进行的。

诗四首,为《堡垒》①而作

1

把这些话从嘴里说出来,放进心里。如果

　　没有

上帝,就别相信他。信条"我相信,

因为它很荒谬"②,制造了战争和无端的爱,甚至

　　在德尔图良时代也被视作邪说。我将他视作一只乌龟

　　在不信神的茫茫沙漠中爬行。

"爱的影子,并非上帝的影子。"

这是第一个皮尔当人③在柏拉图洞穴④中创造的

　　第二个邪说。无论

火焰投不投下影子。

红气球、橙气球、紫气球都一起

　　冲向下着阴雨的天空。

人为人哀哭的天空。天之外,月球

---

① 《堡垒》(Ramparts):总部位于旧金山的天主教神学杂志。此诗将《堡垒》戏谑地想象为在20世纪60年代将自己转变为一份激进的反战出版物。
② "我相信,因为它很荒谬"(Credo quia absurdum):早期基督教神学家、哲学家德尔图良(150—230)的名言。
③ 皮尔当人(Piltdown Man):20世纪初古人类学领域的一大骗局,其宣称为之前未知的早期人类化石,于1953年被认定为虚假遗骸。
④ 柏拉图洞穴(Plato's cave):暗示柏拉图在《理想国》中用以展现他的理型论的寓言故事。

或航天员在电视上微笑。对上帝
或人的爱,转化为距离。
这便是第三个邪说。但丁
是第一位科幻小说作家。贝缇丽彩
在无限的空间里闪耀。

2

一个差点死于打嗝的教皇。或是圣彼得
告诉警察,"我对天发誓,我不认识这个人",
  直到钟敲响了三次,他们才将他放走。
  "一块
我要在上面盖座教堂的石头。"
但它就在那里。像耶稣接受人性一样
  接受神性。勉强,缺乏激情,但这里是
  世上最值得一看的地点。
我们不怎么相信这一点。上帝显然不是真实的。事物
  如同课程一般在宇宙中扩散。
可是双手千疮百孔的耶稣却死而复活。
  像天气一样,
这,我希望,是可及的,是可以祷告的
是上帝之子。

3

在世界末日的红色黎明（圣约翰并不属于

    国防部），我能听见士兵在走动。教皇约翰①

打扮得像反基督，是第一个从灌木丛或任何

    丛林中走出来的。

"和平于世"②，他大喊，仿佛在唱"得州之眼

    望着你"③。他一下子被一把响亮的左轮手枪

    射中头部了。

灌木丛或任何（圣约翰的）丛林中，有太多

    不值得杀戮的。他们是

    面孔伪装成我们应该保护的土地的

    狙击手。他们的亚洲人长得像我们的亚洲人。教皇约翰

即使戏服掉了，他也像死了一样。

4

我们机械地移动在

上帝的宇宙里，没有他的恩典与仇恨，

我们无能为力。

---

① 教皇约翰（Pope John）：即教皇约翰二十三世（1881—1963）。
② "和平于世"（Pacemin Terris）：教宗若望二十三世于1963年4月11日发布的著名通谕，其全称为《论在真理、公正、仁爱、自由中建立普世和平》（*On Establishing Universal Peace in Truth, Justice, Charity, and Liberty*）。
③ "得州之眼/望着你"（The Eyes of Texas Are Upon You）：得克萨斯大学奥斯汀分校的校歌。

存在的中心。不得恩典，就像一台电脑

  的中心。没有他的仇恨

一个荒芜的世界。

存在的中心——不是机器人存在的中心。

假使他愿意，他可以使一台机器成为基督，

  将第二人称输入它，即"你"。

连约伯①都不明白他为何要与人在一起。

上帝变成人，变成人类学、历史学

  以及所有其他因突然（是否太过突然？）

  被赋予灵魂而痛苦挣扎

  的动物的研究对象

当我望着我所爱的所爱的眼睛和灵魂时，我

  （在恩与恨之间的黑暗森林里）在怀疑他的

  智慧。

《上帝为什么变成人》②，曾是圣安瑟莫的书名。不加

  问号。

恩典！

---

① 约伯（Job）：《旧约·约伯记》的中心人物，一个忠信不渝敬畏神的义人。
② 《上帝为什么变成人》（*Cur Deus Homo*）：意大利中世纪哲学家、神学家安瑟莫（Anselm, 1033—1109）在1094—1098年间写的一本有关赎罪满足论的书。

诗四首,为《圣路易体育新闻》①而作

1

如天窗上的蜘蛛,等待着新秀出售。棒球还是
  名字游戏?
我当接球手时,你来找他们。你说,"嘿,
  维利克斯先生,我想当一名接球手。"你和其他
未分配的球员们,一起去训练了。
你必须成功,否则会被卖到谢南多厄
  或罗克波特队去。那些日子
就是如此。像
现在:老虎在吃掉猪之前,对猪真的很好,
  养老金几乎能覆盖一切:很少
  有老投手会投旋转球。应管理层的要求。
就像小孩,禁止进入,不然你会变得像高飞球一样,
  我在阳光下丢了它,但它还是回到了看台上。犯规。
"学习
怎样在桶里射鱼,"有人说,
"人们都饥肠辘辘。"

---

① 《圣路易体育新闻》(*The st. Louis Sporting News*):现已改名为《体育新闻》(*The Sporting News*)。该报任何时候都不发表诗歌作品。

2

我想用手抚摸你的心。

虽是青年投手,但你能投快曲线球、慢

  快球,最后一刻不变的变速球。

  废物

我这个年龄的投手们如此形容它。每四十年,

  当他们不得不使用它们时,都会后悔。

假如我是你背后的接球员,我会让你投出真正的

  快球以及几个滑行球,使他们老实点。可你

  并非我的队友,于是当我面对你这个替补时,我会

  三击不中。

一个如此年轻却如此谨慎的人,我

从沃伦·斯潘[①]身上拿到三个本垒打,但我们俩

  都知道球要去(或不去)哪里。你

是个骗子,而当你到了30岁(我活到了

  这个年龄),你

将会被踢出球场,

宝贝。

3

投手们显然并非人类。他们体内都是

[①] 沃伦·斯潘(Warren Spahn,1921—2003):一名美国职业棒球投手。

亡魂。在你等待时，他们怒目而视，将他们的

手放在嘴上，如木偶般坐立不安，

而你在那里等着接球。

你给他们打手势。他们通常会忽略。一个快速

外曲线球。很高，很自然。且在科学上是不可能的。

击球手要么三振出局，要么不出局。你要么

接住它，要么不接它。你叫他们投内线快球。

垒上的跑垒员要么前进，要么不前进

无论如何

亡魂觉得这很有趣。这位

投手突然变得仁慈了起来，

痛苦或兴奋地望着

球员席。反正，你好运

连连。

正被传递的

情感

终止了

哪怕比赛尚未结束。

4

上帝是一个白色大棒球，仅能沿着

曲线或直线运转。我在高中学过几何学，

确定这是真的。

有鉴于此，投手、击球手和接球手都

看着很愚蠢。没有万福玛利亚[①]

会让你离开一个满垒[②]没有出局的位置,

  或者当你的得分是0和2时,或者当球疯狂地

  弹跳到屏幕上时。赛季之余

我经常想向他祈祷,却一想到那个又大又白又圆的

  无所不能的浑蛋,我就忍无可忍了。

但他就在那里。当游戏遵循规则时,他制定规则。

我知道

我不是唯一那个有这些感受的人。

[①] 万福玛利亚(Hail Mary):基督教的传统祈祷语。
[②] 满垒(Bases loaded):棒球赛上指一、二、三垒都有跑垒员的时候。

诗七首,为《温哥华节日》①而作

1

从高悬于陡山荒野之上的一座

棒球内场②开始。其四边被坚固的木板

  封堵。在那里,即使是海洋也无法抵达

  它的海岸线,因为岛屿或河口的移动。

完美的菱形,右边,中间,左边,被砍伐的圆木

  若隐若现地向外伸展。四边,钻石的

每个切面。

我们将沿着各基准线向后建造我们的城市

  就像从任一远处延伸出来的一条方形射线——你从

  一垒线,你从二垒手后面,

  你从游击手后面,你从三垒线。

我们要将树木伐净,将我们过去和未来的

  残枝败叶清除,因为我们在一颗钻石上,因为它

    是标志我们

向前出发的那颗钻石。

我们城市将如腐烂的木板、陡山的石屑

  巍然矗立,而吞噬所有岛屿的大海

---

① 《温哥华节日》(*Vancouver Festival*):斯派赛虚构的刊物。
② 棒球内场:英文为baseball diamond。其后,斯派赛多次征用diamond 的"钻石"的含义。

前来与我们相会。

2

弗雷泽河①因错误而得以被发现,就如同
  整个不列颠哥伦比亚省一样,
比以为的更靠南。
你往南走,寻找饮用水之源
我往北走,寻找我骨头里的寒冷之源。
洛杉矶三条主要的居住区街道从前
  叫作忠诚、希望与仁慈。他们将忠诚
  改叫鲜花,把仁慈改叫壮丽,却保留了希望。你
  依然能在菲格罗亚②
  这个因毒贩而得名的地方
那微微发亮的薄雾中,偶尔看见它。
你往南走,寻找饮用水之源
我往北走,寻找我骨头里的寒冷之源。
我们的内心,犹如睾丸,悬垂于下面,在我们各自的
  旅途中擦肩而过
抗议一番时代和方向的荒谬。
你往南走,寻找饮用水之源
我往北走,寻找我骨头里的寒冷之源。

---

① 弗雷泽河(Frazier River):加拿大不列颠哥伦比亚省最长的河流。斯派赛故意将Fraser River错拼为Frazier River。
② 菲格罗亚(Figueroa):洛杉矶的一条街道。

3

除了码头上最后一束落入油污水的
    夕阳
整个冬天,他们只喂给小羔羊糖
仅此而已。码头上最后一束落入油污水
    的夕阳

4

智慧是我们与他们之间唯一的隔阂。
"保卫到54度40分为止"[①],我们嘴里咬着枪管说。
我仍然生活在一片风景中。树木
在不该有树的地方生长。有树的地方不会
    长树。一片自然的
混乱。不适宜这些定居者的
猪群、腹股沟和牛群的
繁衍。
在污物溶液中
在试管[②]里
安顿下来

---

① "保卫到54度40分为止"(Fifty four forty or fight):1846年流行的一个口号,特别是在民主党人当中,他们宣称美国拥有整个俄勒冈,要求占领北纬54度40分以内的所有领土。
② 原文为testube,疑为test tube(试管)的缩写。

水仍然没有生命

5

披头士乐队,其貌不扬,却绘声绘色地
  在外面的客厅里演奏。
众多温哥华派对。太晚了
太晚了
无法优雅地离开。
在之前的一首诗中被称为弗雷泽的老西蒙·弗雷泽[①]
与其合奏
装作没有发现那首诗的样子。
这些小船确实是驶向中国的
但愿有人能发现一个脱离了
关于港口的任何思想的港口
适于远航,堆满谷物。

6

传递信息就像海鸥冲着死鱼诱饵[②]
  大叫
在那边的码头上——它已在那里几小时了——猫群和

---

① 西蒙·弗雷泽(Simon Fraser, 1776—1862):苏格兰裔皮毛交易员和探险家,因其对弗雷泽河(Fraser River)的探索而闻名。
② 原文为Scwaking,应该是Squawking,他故意写错。

海鸥为此争斗了起来。

海鸥仅剩一条腿，遥不

可识。无论如何

它们只捕捉发光体。

码头上的中国人，身着蓝牛仔裤的小孩，偶尔

　　闪现的退休老人。

那只海鸥独自立在码头上，只有一条腿

这是他付出代价的

关键时刻。

死鱼诱饵。

7

随后，它变得不仅不可知

而且不可感。荒野中的

一个地方，难不成会被圆木填满？

　　爱情

问题。

它们

翻山越岭，乘船而至

维多利亚对抗新威斯敏斯特[①]。他们

参加同一场比赛。受困于

山与海。只能

---

① 维多利亚（Victoria）和新威斯敏斯特（New Westminster）均为加拿大的城市。

自我陶醉。海鸟

或山鸟,互不附和。岛屿

无边无际。迪芬贝克[①]

向我们演说,露出干巴巴的面孔。他

也许是地震

要带给我们的。对我们

这片土地的爱,回旋于空中。

[①] 迪芬贝克(Diefenbacker):指加拿大联邦总理约翰·乔治·迪芬贝克(John George Diefenbaker, 1895—1979)。

诗十首,为《强拍》①而作

1

"狗摇了摇尾巴,一副极度悲伤的模样",美国
  诗人什么都不信,可能除了停泊在格洛斯特港②的
    船或落下的雪。
"莫非你不记得来自派克的可爱贝齐了吗,
她和她的爱人伊克跨过了大山。"
跨过
旷无人烟的大山,毫无意义。扑灭他们的火焰
也毫无意义。
西海岸是从古至今任何聪慧的人都无法理解的。
  我们
跨过了大山,偶尔互相啃食——抑或
  修建铁路的
异教徒。我们是一个海岸民族
除了大海,我们一无所有。我们抓牢
即将到来的第一件事。

---

① 《强拍》(*Downbeat*):一本美国音乐杂志,1934年创立于芝加哥,致力于"爵士乐、布鲁斯及其他音乐"。
② 格洛斯特港(Glouchester):美国马萨诸塞州位于大西洋沿岸的一座城市。

2

走向海边可看到,红岩峡谷①处在
两极之间:东与西或北与南。或者连
　　不往那里走时也能发现
关于红岩峡谷的骇人听闻的事实
峡谷名叫红岩
峡谷。没有牡蛎,没有蝴蝶,仅有此名
而已。

3

"带着一对牛和一条黄狗,带一只
　　公鸡和一头斑点大猪。"轻装上阵。派克县②的
音乐。
我们骨头里携带着的东西也大致如此。轻装上阵
　　是任何充满敌意的印第安人都掠夺不了的。
我们自己。却像罗盘的指针一样指向某处。"莫非
　　你不记得来自派克的可爱贝齐?"
不记得了。

---

① 红岩峡谷(Redrock Canyon):美国加利福尼亚州的一个峡谷。
② 派克县(Pike County):美国宾夕法尼亚州的一个县。

4

是这样,丹尼斯,你不必听他们

在这里演奏的山乐。

他们跟年轻人说谎,以便让他们学会变老。

  用饼干

取悦他们。"这是从林奇堡到丹维尔①的一条

  崎岖不平的道路,三英里的斜坡上出现滑坡。"不管怎样,

  线路冲突。你要么选择音乐,要么不选择。

不列颠哥伦比亚

将免受西方帝国主义的残害,如果你

  阻止。西方道路千万条。它们很少

通向北方。

5

  致亨茨②

我无法忍受看见他在星条旗不可能的音乐中

  闪闪发光。没有

人比诗人更能接受这种制度。几块美元

---

① 林奇堡(Lynchburg)和丹维尔(Danville)均为美国弗吉尼亚州的城市。
② 亨茨(Huntz):即汉斯·沃尔克尔(Hunce Voelcker, 1940—1992),作家、艺术家和电影制作人,是罗伯特·邓肯、杰克·斯派赛和保罗·玛利亚(Paul Mariah)等人组成文学圈的参与者。他从20世纪60年代中期起一直生活和工作在湾区,直至去世。斯派赛写作此诗时,他刚到旧金山不久。

足以治愈它们的内心。

猎杀

真实的动物。我不能。荒诞之

诗来自旧金山电视。与月球火箭

  直接相关。

若这是听写，那我

快疯了。

6

这首诗开始反映自己。

  诗人的身份愈加显现。

我们为何不能如夜莺般歌唱？因为我们不是

  夜莺，而且永远无法化身为它们。诗人对他的

  现实和其他事物，都有一种枯燥无味的描述。

事物一味抛弃他。我今晚将你想象成了

  一只翅膀被剪掉了的蝴蝶。

7

它将在这里存在一百年左右。海浪，

  我的意思是，斯廷森①巨大的噪声穿过我的窗户

  没有一个拿着氢弹又拥有好运气的东南亚人会杀死它。

---

① 斯廷森（Stinson）：美国加利福尼亚州著名的海滩。

但愿

我像大海一样,洪亮,讨人喜欢,而且有一扇窗户。

这不是我的大海。它曾被各种从未伤害过它的

征服者命名为太平洋。

海浪涌动,大海发出声音,而我和每个人发出自己的声音

　　只是

我们都在那些沙滩上挨过饿。或爱过。它像爱一样

　　朝我怒吼。随后

它的沙粒被新的潮水打湿。

只是看在老天的分上,

让海浪继续翻涌。

8

"下山的托洛斯基派匪徒",丘吉尔如此称呼他们

　　在托洛斯基被暗杀了很久之后。

很长一段时间。

当然不是因为那些匪徒,而是因为与他们同名的人。名字

　　胆小鬼,名字不详。那把斧头杀掉他们所有人(如果那是一把

　　斧头),而他的名字(如果那是他的名字)把那些下山了的

托洛斯基派土匪都杀了。如果他们并不知道

托洛斯基,他的名字就在那里。

确信无疑。无论如何

肯定会死。马拉松战役[①]的

跑手亦是无名无姓的。你也无法记得

  他喊了什么，或者他是去了雅典还是斯巴达。

这一切都保存在优美的希腊文里。他们的

  飘扬在风中（无名）的长发，是火箭筒的

  绝佳目标。无名

人物，T.与丘吉尔曾经这样称呼他们。

9

他们（我们国家的领导人）已被卷入谎言的

  罗网中。

我们（诗人）也被卷入了谎言的罗网中，通过反抗

  他们。

斯坦用过的那把勃朗宁[②]不再适用于

  教课。要更轻，更容易操作，

  更自动的枪。

我们用什么来杀死他们，或他们用什么来杀死我们（也许是自动

  步枪）无关紧要。

重要的是我们不会用什么来自相残杀

一只充满爱的手牵到另一只充满爱的手。

[①] 马拉松战役（The Battle of Marathon）：发生在公元前490年的一场战役，希腊城邦联军抵抗波斯帝国的入侵，最终由雅典领导的希腊联军获胜。
[②] 勃朗宁（B.A.R.）：美军20世纪上半叶使用的勃朗宁自动步枪。

剩下的就是

权力、枪支和子弹。

10

至少我们都知道这世界有多糟。你戴着

  胡须作为伪装它的面具。我戴着疲惫的微笑。我

  不知道你是怎么做到的。十万名大学生

  与你同行。迈向

一种必需的事物：它不是爱，而是一个名字。

五月之王[①]。一个不适合跳舞的头衔。他们

礼貌但顽固。如果他们袭击了

你给过十万名大学生的那种爱（不是性而是爱）

  我本来会欣喜若狂。并且会爱上

  他们中的一个。何必

与你的心、我的心或任何其他人的内心的统一体

  作战。人们都饥肠辘辘。

[①] 五月之王（King of the May）：五一劳动节的拟人化。

杰克·斯派赛年表[①]

1925年

1月30日，杰克·斯派赛出生于美国加州洛杉矶，本名约翰·莱斯特·斯派赛，是约翰·洛芙利·斯派赛与多萝西·克劳斯的长子。父亲在酒店和公寓管理部门工作，并曾参加世界产业工人联盟（IWW）。母亲协助丈夫工作。她比丈夫小十二岁，婚前曾在学校任教数年。

1928年

弟弟霍尔特·斯派赛（Holt Spicer，1928—2019）[②]出生。在弟弟出生前，斯派赛被送到明尼苏达州与祖母一起生活了一段时间。这段与父母的分离让斯派赛一生都在应对抛弃感。

1929—1933年

在美国大萧条时期，斯派赛一家都住在贝弗利和韦斯特（Beverly and Western）的中产阶级社区，持续租用独户住

[①] 本年表的撰写综合了斯派赛传记《诗人如神：杰克·斯派赛与旧金山文艺复兴》（*Poet Be Like God: Jack Spicer and the San Francisco Renaissance*）、Jacketmagazine.com等参考资料的内容。

[②] 霍尔特·斯派赛也曾就读于雷德兰兹大学，并在20世纪50年代初连续两年赢得了全国辩论锦标赛的冠军。自1952年以来，他一直担任密苏里州斯普林菲尔德的圣约瑟夫学院（St. Joseph's College）的法医系主任，并兼任艺术与文学院院长。

宅，并拥有一辆汽车，那是20世纪30年代富裕程度的象征。

母亲每晚都会为两个儿子大声朗读莎士比亚的查尔斯和玛丽·兰姆的故事（*Charles Lamb's Tales*）①、纳撒尼尔·霍桑的坦格伍德故事（*Tanglewood Tales*）②，以及所有"奥兹国系列丛书"（*Oz Books*）③。

1939—1943年

就读于洛杉矶费尔法克斯高中（Fairfax High School）。高中时代的好友有未来的音乐家、讽刺作家和电视制作人艾伦·谢尔曼（Allan Sherman，1924—1973）；他开始在学校文学杂志《群体之声》（*Colonial Voices*）上发表诗歌。约在1941年，十六岁的斯派赛与小说家兼评论家奥尔道斯·赫胥黎（Aldous Huxley，1894—1963）通信，并受邀到后者家中共进晚餐。

1943—1945年

就读于雷德兰兹大学（University of Redlands）。在那里，成为未来的国务卿沃伦·克里斯托弗（Warren Christopher，1925—2011）的朋友，一起参加了辩论队。

---

① 又称《莎士比亚戏剧故事集》，是英国散文家玛丽·兰姆（Mary Lamb）与其弟弟查尔斯·兰姆（Charles Lamb）将莎士比亚戏剧改编成的故事。
② 美国作家纳撒尼尔·霍桑（Nathaniel Hawthorne，1804—1864）于1853年撰写的一本儿童作品，是对希腊神话的重写。
③ 美国作家莱曼·弗兰克·鲍姆（Lyman Frank Baum，1856—1919）创作的一系列奇幻儿童作品，第一本是《绿野仙踪》。

被征兵委员会定为"不适宜服兵役者（4-F）"[①]，原因是视力不佳和缺钙。结识他在雷德兰兹大学最好的朋友、音乐家吉恩·沃尔（Gene Wahl）。其间曾在一家国防工厂打零工，以及在好莱坞电影公司当临时演员。在20世纪福克斯的传记电影《威尔逊》(*Wilson*)中，曾在一个足球场的开场镜头中短暂出现。

1945年

在雷德兰兹大学学习两年后，与吉恩·沃尔一起，从洛杉矶搬到伯克利，在加州大学伯克利分校继续攻读学士学位。在伯克利，斯派赛不允许朋友们追问他的过去，以致其后半生遇到的朋友很少人知道他的成长经历，且许多人认为他是孤儿。他也曾明确表示他不喜欢关于"家"的话题，只喜欢关于"加利福尼亚"的话题。通过吉恩·沃尔，认识在爱达荷州出生、刚从芝加哥大学转学来伯克利的诗人罗宾·布拉泽和詹姆斯·费尔茨（James Felts）。在这期间，斯派赛获得执照，从事私家侦探工作。

1946年

经常参加以诗人肯尼斯·雷克斯罗斯（Kenneth Rexroth，1905—1982）为中心的旧金山无政府主义者圈子的活动。在返回住所的有轨电车上，首次与在加州出生的诗

[①] "4-F"是美国兵役制度使用的一种分类，用于指定被认为不适合服兵役的个人。这种分类可能出于多种原因，例如身体或心理健康问题，或其他不合格因素。

人罗伯特·邓肯交谈。后者其时已二十七岁,战前曾就读于伯克利,后搭便车游历美国,结识了很多作家,并于1940—1941年在东海岸编辑了引起亨利·米勒、肯尼斯·帕钦等众多著名文学人士关注的《实验评论》(*The Experimental Review*)。斯派赛、邓肯、布拉泽三人将他们的相遇戏称为"伯克利文艺复兴"(Berkeley Renaissance)①。

上半年,三人作为主要组织者,为伯克利英文系开设非正式创意写作课程"伯克利作家会议"(Berkeley Writers' Conference)。

夏,在赫斯特街2029号②,参加邓肯主持的圆桌会议。这里成为"伯克利文艺复兴"的精神与物质中心。讲授和讨论诗歌的过程中,他们开始使用塔罗牌、水晶球等魔法道具。

12月,与约瑟芬·弗雷德曼(Josephine Fredman)、休·奥尼尔(Hugh O'Neill)以及罗伯特·邓肯一起,写了一首《献给埃兹拉·庞德的诗篇》(*Canto for Ezra Pound*),寄给了正在华盛顿特区圣伊丽莎白医院的诗人埃兹拉·庞德。

师从伯克利教授、历史学家恩斯特·坎特罗维茨(Ernst Kantorowicz, 1895—1963),开始了一段重要的关于神学、仪式的学徒生涯。编辑《1945—1946年诗选》,作为圣诞礼

---

① 事实上,"伯克利文艺复兴"可以被视为是一个以斯派赛、邓肯、布拉泽三人为中心的、持续到20世纪50年代早期的文学社区。这个社区的活动包括1946—1948年斯派赛等人为伯克利英文系开设的非正式创意写作课程"伯克利作家会议",以及邓肯在名为"斯洛克莫顿庄园"(Throckmorton Manor)的破旧寄宿公寓里创办的习诗小组等。由于三人写诗借鉴了中世纪和文艺复兴的知识,但丁和彼特拉克的问题是他们写作的基础,因此自称为"伯克利文艺复兴"。

② 这里是罗伯特·邓肯与奥尼尔夫妇(Hugh and Janie O'Neill)共同的居所。

物送给女诗人、文学评论家约瑟芬·迈尔斯,任职于伯克利英文系的后者被斯派赛尊为他的"第一位诗歌老师"。

在《西方》(*Occident*)冬季号发表《致语义学家》(*To the Semanticists*)、《国际象棋游戏》(*The Chess Game*)、《新约》(*A New Testament*)等作品。

1947年

参加邓肯在名为"斯洛克莫顿庄园"(Throckmorton Manor)的破旧寄宿公寓里创办的习诗小组,共同研读庞德、T. S. 艾略特、普鲁斯特、纪德等人的作品。波多黎各学者罗萨里奥·希门尼斯(Rosario Jimenez)对西班牙诗人加西亚·洛尔迦的解读,可能影响了斯派赛未来的《仿洛尔迦》的创作。

4月,由于对美洲印第安文化的兴趣和同情,斯派赛与休·奥尼尔一起游历加州大苏尔海岸,拜见民俗学家、《印度故事》(*Indian Tales*)的作者杰米·德·安古洛(Jaime de Angulo)。

获加州大学伯克利分校学士学位,开始研究生学习,并担任助教(1947—1950)。其第一个助教岗位由叶芝研究专家、英文系教授、诗人汤姆·帕金森(Thomas F. Parkinson, 1920—1992)提供。后者的第一堂课是讨论玛丽·巴茨(Mary Butts)的《用疯狂武装》(*Armed with Madness*)。这是一部关于现代人与圣杯关系的小说,可能影响了斯派赛未来的诗集《圣杯》(*The Holy Grail*, 1964)的创作。

斯派赛搬入伯克利麦金利街2018号寄宿公寓,同住者包括诗人菲利普·拉曼西亚（Philip Lamantia, 1927—2005）[①]、杰拉尔德·阿克曼[②]、乔治·海姆森（George Haimsohn, 1925—2003）[③]、罗伯特·柯伦（Robert Curran）[④]，特别是后来成为著名科幻小说家的少年神童菲利普·K. 迪克（Philip K. Dick, 1928—1982）[⑤]。

参加过曼哈顿计划的物理学家、和平主义者伯尔尼·波特（Bern Porter, 1911—2004）提议斯派赛在他与乔治·莱特（George Leite, 1920—1985）编辑的杂志《圆》(Circle)或《伯克利》(Berkeley: A Journal of Modern Culture)上发表作品，被后者以害怕被"文化流浪汉"(cultural bums)偷窃为由婉拒。

在《轮廓季刊》(Contour Quarterly) 第1期，发表《海洋之后，春分散落》(After the ocean, shattering with equinox)、《中国风》(Chinoiserie) 和《凌晨4点》(4 A.M.)；在《西方》秋季号发表评论《米勒：请为了记得而牢记》(Miller: Remember to Remember)。该年创作小说《黄蜂女》(The Wasps)，但未完成。

[①] 被认为是美国战后一代最有远见的诗人，在塑造20世纪60年代美国垮掉派和超现实主义运动的诗学方面发挥了重要作用。
[②] 后来成为著名的艺术史家。2012年，被法国政府授予法国艺术与文学勋章。
[③] 后来成为著名编剧。
[④] 后来成为著名心理学家。
[⑤] 尽管迪克与邓肯、斯派赛的交往只持续了几个月，却给彼此留下了深刻的印记。在二十世纪五六十年代，斯派赛和迪克的书成为彼此的镜像，具有相同的主题：占有（possession）、疏远（alienation）、神谕（the oracular）。更引人注目的是，他们分享了完全相同的意象：蚱蜢、火星人、城堡与王子、犹太推销员、无线电波、古老的伤口、灵魂、城市。

1948年

伯克利作家会议解散。

秋季，斯派赛开始与富商之女、伯克利大学英语系博士生凯瑟琳·穆赫兰（Catherine Mulholland, 1923—2011）[①]恋爱。后者就读于哥伦比亚大学期间，曾是卢西安·卡尔（Lucien Carr）和比尔·坎纳斯特拉（Bill Cannastr）等最早的"垮掉的一代"圈子的一员，并结识了凯鲁亚克和艾伦·金斯堡。当她在1948年秋季至1949年春季参加语言学家、小说家阿瑟·布罗德尔（Arthur Brodeur）的语言学课程时，被同学斯派赛的滑稽、机智所吸引。

在罗伯特·邓肯编辑的《伯克利杂录》(*Berkeley Miscellany*)第1期，发表《四部分之夜》(*A Night in Four Parts*)、《特洛伊诗》(*Troy Poem*)和《十四行诗》(*Sonnet*)。

邓肯创作《威尼斯之诗》(*The Venice Poem*)，斯派赛开始创作《想象的挽歌》(*Imaginary Elegies*)。作为研究生，与罗宾·布拉泽一同为罗伊·哈维·皮尔斯（Roy Harvey Pearce）教授研究美洲原住民和殖民定居者之间的早期互动。斯派赛单独为马克·肖勒（Mark Schorer）教授收集了大量有关D. H. 劳伦斯（D. H. Lawrence, 1885—1930）的参考文献。

1949年

春，在经历与凯瑟琳·穆赫兰失败的性爱后，至加州大

[①] 后来成为著名的历史学家。

学考威尔分校附属医院接受心理治疗，并撰写了诗歌《精神分析：挽歌》(*Psychoanalysis: An Elegy*)。

夏，穆赫兰与斯派赛谈婚论嫁。斯派赛受邀至穆赫兰家位于南加州的大牧场，并得到了穆赫兰父亲的认同与喜爱。

秋，穆赫兰忽然与杰拉德·赫尔利（Gerald Hurley）结婚。这让斯派赛大受打击，他决定结束自我仇恨，直接探寻自己的同性恋身份。他以爱上诗人兰迪斯·埃弗森（Landis Everson, 1926—2007）作为对穆赫兰的报复，后者被其称为"我爱上的第一个男性"。斯派赛越来越接近少数政治左翼的大学生，包括詹姆斯·赫恩登（James Herndon）[①]、基思·琼斯（Keith Jones）、戴夫·弗雷德里克森（Dave Fredrickson）。

在伯克利的KPFA电台，斯派赛每周主持一档民谣节目。实际上，他经常进行诗歌朗诵和讨论。

与档案专家、艺术家哈利·史密斯（Harry Smith）联系，并参与了后来催生史密森学会（The Smithsonian）发布唱片《美国民歌选》(*Anthology of American Folk Music*, 1952)的相关记录的搜寻。与大卫·里德（David Reed, 1921—2000）[②]相识。

[①] 詹姆斯·赫恩登毕业后离开美国前往欧洲，在斯派赛的生活中消失了多年。但不想斯派赛与他的第二任妻子弗兰·赫恩登（Fran Herndon, 1926—2020）随后成为密友。弗兰·赫恩登与斯派赛在油印小杂志方面的合作，是两人艺术生涯的浓重一笔。
[②] 大卫·里德1948年获得英语博士学位，随后在加州大学伯克利分校任教，先在英语系任教，后在语言学系任教。1964—1970年，担任伯克利语言学系主任。他是美国英语方言方面的公认权威。

在《西方》(*Occident*)秋季号，发表文章《诗人与诗——一场座谈会》(*The Poet & Poetry: A Symposium*)，展示了他对于如何让学生对诗歌感兴趣之教学问题的思考；在邓肯编辑的《伯克利杂录》第2期，发表《棺材上的涡形装饰》(*The Scrollwork on the Casket*)。

1950年

获文学硕士学位。该年加州大学董事会要求教授和教职员工签署忠于宪法的誓言，并附有具体的反共条款。拒绝签署誓言被广泛认为是职业自杀的一种崇高形式，没有多少人有勇气采取这一步骤。恩内斯特·康托洛维茨拒绝签署，并带领一群思想独立的教授和研究生与之抗争，其中包括斯派赛。失败后，坎托罗维茨离开伯克利，前往普林斯顿高等研究院。斯派赛不得不离开博士项目，来到不需要忠诚宣誓的明尼苏达大学（University of Minnesota）任教（1950—1952）。斯派赛只有夏装，伯克利英语系的研究生们集资给斯派赛买了一件大衣。

12月，斯派赛与帮助他找到大学教职的伯克利教授大卫·里德一起参加了在曼哈顿举行的美国语言协会大会。这是他首次去东海岸。

完成《想象的挽歌》中的三首。

1951年

在明尼苏达大学，担任语言学系主任约翰·克拉克（John Clark）的助教，教授英语、古英语、英语语言史和关于《贝奥武夫》的研讨会课程。

邓肯与斯派赛在书信中讨论"伯克利文艺复兴"为何会使旧金山湾区成为迷人的卡米洛特，然而又为何会结束。斯派赛在给詹姆斯·赫恩登的信中写道："明尼苏达没有魔法。"有传言说，小说家、诗人和评论家罗伯特·沃伦（Robert Warren，1905—1989）拒绝了伯克利的一个职位，以抗议效忠誓言，并随时返回明尼苏达大学。沃伦没有出现，斯派赛感到相当孤独。

夏，回到加州。斯派赛的父亲在洛杉矶去世。据说他的父亲在去世前一年称赞他没有签署忠诚誓言，这让他感到惊讶，并且哭了。

夏末，在伯克利，阿瑟·克劳斯（Arthur Kloth）将斯派赛介绍给十八九岁的加里·博顿（Gary Bottone），两人展开了一段异地恋。

秋，回到明尼阿波利斯，与二十二岁的女硕士生玛丽·赖斯（Mary Rice）建立了亲密的友谊。在明尼苏达州期间，写作《立冬十四行诗》（*Sonnet for the Beginning of Winter*）、《致加里的火车之歌》（*Train Song for Gary*）等诗给博顿。

与大卫·里德一起在《语言：美国语言学会杂志》（*Language: Journal of the Linguistic Society of America*）第28卷第3号上，发表题为《比较过渡区域意识形态的相关方法》（*Correlation Methods of Comparing Ideolects in a Transition Area*）的论文。这是斯派赛作为语言学家发表的唯一一篇专业论文。

1952年

与玛丽·赖斯驱车从明尼苏达州返回伯克利。这是斯派赛一生中的两次长途汽车旅行之一。[1]斯派赛带着一尊由一位不知名的艺术家在明尼阿波利斯制作的斯派赛大半身像。这个头像赤土陶颜色,质地与普通花盆相似,成为他在接下来的八年里从一个到另一个公寓随身携带的少数财产之一,直到1960年初他将它交给了布拉泽。

在伯克利,签署现已修改的忠诚誓言,并继续攻读博士学位。

斯派赛回到伯克利时,加里·博顿参加了他的返校派对,但斯派赛对他激情不再。加里·博顿被认为是斯派赛主要用作诗歌表达工具的一系列年轻男性中的第一个。斯派赛的社交生活围绕着旧金山的"黑猫"(Black Cat)和伯克利的"白马"(White Horse)两家酒吧展开。

1953年

回到伯克利,担任托马斯·帕金森的课程助教。学生理查德·拉蒙兹(Richard Rummonds, 1931—)[2]创作了一首以斯派赛、邓肯、兰迪斯·埃弗森和布拉泽为主角的情诗,

---

[1] 另一次是1965年他与布拉泽和斯坦·帕斯基三人搭乘州际公共汽车前往温哥华。伯克利文艺复兴诗人与垮掉派的区别之一是他们决心尽可能不开车去任何地方。

[2] 理查德·拉蒙兹后来被誉为20世纪末期最重要的手工印刷师之一,他也是一名作家、出版商、印刷师和印刷史学家。在一本名为《从杰克处所得之物》(*Some Things from Jack*)的小书中,发表了杰克给他的情书和诗歌。

刊登在《西方》(*Occident*) 的"从前的四个"(Four from Before) 的回顾展专栏中。

斯派赛每周五晚上都在伯克利打桥牌。

与布拉泽加入伯克利一个托洛茨基派研究小组，但很快退出，替代者是洛杉矶早期同性恋解放组织"马特辛协会"（Mattachine Society）的奥克兰、伯克利和旧金山分支。

在伯克利，结识女视觉艺术家杰伊·德菲奥（Jay DeFeo, 1929—1989）[1]，并迅速与之成为灵魂伴侣。后者在20世纪50年代因在旧金山参与"垮掉的一代"的活动而声名鹊起。德菲奥的职业生涯曾因在旧金山一家五金店偷窃油漆而受阻。斯派赛认为她的浪漫罪行与他1950年拒绝签署忠诚誓言之间颇具相似之处。

秋，成为旧金山加州美术学院（The California School of Fine Arts）人文系主任（1953—1955）；斯派赛在研讨课程上教授英语和戏剧，但会奇怪地结合团体治疗、创意写作、艺术史和剧本创作等，同时他还教学生如何记单词、如何使用图书馆和做研究。与约翰·艾伦·瑞恩[2]、格雷厄姆·麦金托什（Graham Mackintosh）[3]和艾伦·乔伊斯（Allen Joyce）[4]等学生关系密切。

开始创作史诗剧《特洛伊罗斯》(*Troilus*)。

---

[1] 1954年，她与斯派赛的学生沃利·赫德里克结婚。
[2] 画家兼诗人。
[3] 在格雷厄姆·麦金托什参军期间（1954—1955），斯派赛给他寄了至少53封信和明信片，反映并模仿了当代公共生活的冷战言论。
[4] 后成为斯派赛的男朋友。

1954年

搬至旧金山萨特街975号。

4月1日，酒吧"老地方"（The Place）开业，其由20世纪40年代后期在黑山学院学习的克努特·斯泰尔斯和利奥·克里科里安共同拥有。斯派赛经常带加州美术学院的学生来这里。

夏末，完成剧本《彭透斯》（Pentheus）。

旧金山州立大学诗歌中心（Poetry Center at San Francisco State College）开放，推动国际诗人到湾区来朗读，包括W. H. 奥登、威廉·卡洛斯·威廉斯、玛丽安·摩尔、罗伯特·洛厄尔、兰斯顿·休斯等人，斯派赛与其中许多诗人见面。在这里结识刚从堪萨斯州来的二十一岁的迈克尔·麦克卢尔，以及女诗人、拼贴艺术家海伦·亚当（Helen Adam，1909—1993）和女诗人艾达·霍兹（Ida Hodes，1914—2019）。

万圣节，斯派赛与来自加州美术学院的沃利·赫德里克、海沃德·金、黛博拉·雷明顿、约翰·艾伦·瑞恩、戴维·辛普森等五位视觉艺术家学生一起，于邓肯等人开设的前先锋画廊"乌布王"（King Ubu）的旧址上开设"六画廊"（Six Gallery）。他将自己的诗歌挂在开幕式画作旁出售，卖得很少。在一次"六画廊"的活动中，在戴夫·布鲁贝克（Dave Brubeck）的鼓手劳埃德·戴维斯（Lloyd Davis）的即兴伴奏下录制诗歌。

1955年

情人节，收到加州美术学院的解雇通知，其最后工作日是6月30日。

春，在罗伯特·邓肯的公寓里，第一次遇到艾伦·金斯堡。金斯堡将W. C. 威廉斯为他的早期诗集《空镜》(*Empty Mirror*)写的序言带到邓肯的公寓供他查阅。

春，与独立电影制片人拉里·乔丹（Larry Jordan）、迈克尔·麦克卢尔、海伦·亚当、杰西·科林斯（Jess Collins, 1923—2004）[1]和邓肯一起，出演邓肯的戏剧《浮士德·富图》(*Faust Foutu*)。创作《想象的挽歌·四》(*Imaginary Elegy IV*)，并在去纽约前的夏天完成《特洛伊罗斯》。

7月，斯派赛离开旧金山前往纽约，创作《给艾伦·乔伊斯的惠特曼笔记》(*Some Notes on Whitman for Allen Joyce*)以及《月相》(*Phases of the Moon*)。他在新泽西州的一所预科学校找到了一份教高中英语的工作，但只持续了两周。通过在伯克利认识的画家约翰·巴顿（John Button），认识弗兰克·奥哈拉、芭芭拉·盖斯特（Barbara Guest, 1920—2006）、约翰·阿什贝利[2]、詹姆斯·斯凯勒（James Schuyler, 1923—1991）和乔·勒苏埃尔（Joe LeSueur, 1924—2001）。奥哈拉写于7月13日的诗《在老地方》(*At the Old Place*)提到

---

[1] 著名视觉艺术家，罗伯特·邓肯的伴侣。
[2] 兰迪斯·埃弗森说，斯派赛非常不喜欢与他们同时代的东海岸诗人。他称约翰·阿什贝利为"同性恋诗人"(faggot poet)，将其第一本书的书名Some Trees读作Thumb Twees（兰花指）。

斯派赛刻薄。又在给画家贾斯珀·约翰斯（Jasper Johns, 1930—）的信中写道："（斯派赛）总是令我失望，但其他人认为他很重要。"而厄尔·麦格拉思（Earl McGrath, 1931—2016）认为奥哈拉和斯派赛太像了："基本上，他们都在做同样的事情，那就是试图掌控他们朋友的生活……杰克只是比弗兰克更殷勤一点。弗兰克总是像在打气，但杰克总是像在责骂。"奥哈拉爱纽约，斯派赛不喜欢纽约。①

诗剧《特洛伊罗斯》被剑桥诗人剧院（Cambridge Poets' Theater）拒绝，斯派赛感到非常痛苦。邓肯认为那是斯派赛对阿什贝利和奥哈拉的敌意的基础，使他相信两人是他被剑桥诗人剧院拒绝的幕后黑手。②为了维持收支平衡，斯派赛协助匈牙利移民尤金·德·塔西（Eugene de Thassy）写了一部关于巴黎生活的自传，1960年以《十二只死天鹅》（*Twelve Dead Geese*）之名出版，其中包括被作为"诗人"角色作品的一些斯派赛诗歌。

10月7日，金斯堡在"六画廊"朗读了《嚎叫》，引爆了未来的垮掉派运动。约翰·瑞恩带来的一封斯派赛关于寻求工作与路费的求助信，在该朗诵会上被麦克卢尔大声朗读。这极大刺激了身处纽约的斯派赛，成为他对"鸠占鹊巢"的金斯堡等人心生芥蒂的开始。

斯派赛向黑山派核心人物罗伯特·克里利申请一份在黑

---

① 奥哈拉和斯派赛的竞争和摩擦发生在20世纪50年代中期，即在他们都没有写出他们那些重要的作品之前。但他们俩都坚持语言的民主（democratization）和反功利化（anti-snob）的特征。
② 阿什贝利在1990年的采访中否认自己参与其中，因为当时他已离开美国，身处巴黎。

山学院的工作①，没有得到回复。据说原因之一是校长查尔斯·奥尔森恐同。

11月，斯派赛搬至波士顿，布拉泽帮他在波士顿公共图书馆珍本室找到一份低薪工作。在这里，他研究了艾米丽·狄金森的手稿，认为后者很难在诗歌和散文之间划清界限的原因，可能是她不希望这样划清界限。珍本室里皮埃尔·皮维·德·夏凡纳（Pierre Puvis de Chavannes）绘制的华丽壁画后来出现在诗集《圣杯》(1964) 中。

加入了包括约翰·维纳斯、史蒂夫·乔纳斯②和罗宾·布拉泽在内的波士顿诗歌圈。这个圈子与黑山派有较多联系。

1956年

春，爱上维纳斯和乔纳斯的密友、已婚直男乔·邓恩。

在这一时期，斯派赛与布拉泽合作了几个大计划，但只完成了《献给乔·迈尔斯的一首永恒现实主义的诗》(*A Semperrealistic Poem for Jo Miles*)。期间创作了随性而为的、未完成的原型系列作品《迷人的奥利弗》(*Oliver Charming*)。

夏，黑山学院关闭，大批黑山学院师生涌向纽约和旧

---

① 此时罗伯特·克里利和邓肯都在那里教书。
② 黑人同性恋诗人。斯派赛将洛尔迦的《沃尔特·惠特曼颂》译文献给乔纳斯。他解释说，是乔纳斯"教我在一首诗中使用愤怒（而不是愤怒的讽刺）"。"颂"揭示了斯派赛对时尚、有视觉素养、引人注目的男同性恋者的厌恶。弗兰克·奥哈拉就是典型的在纽约前卫中巡逻的男同性恋者。史蒂夫·乔纳斯成为反奥哈拉的"迷惑者""被任命者""纯洁者"。此外，乔纳斯二十一岁时加入了《起源》(*Origin*) 编辑西德·科尔曼（Cid Corman）早期在波士顿创立的西区图书馆诗歌讨论小组（West End Library Poetry Discussion Group）。通过科尔曼，黑山与波士顿的联系开始了。

金山的波希米亚社群，其中包括画家巴兹尔·金（Basil King）、汤姆·菲尔德（Tom Field）和保罗·亚历山大（Paul Alexander），以及诗人埃比·博尔加德（Ebbe Borregaard, 1933—）、邓恩和维纳斯。罗伯特·邓肯回到旧金山，担任旧金山州立大学诗歌中心的助理主任。

9月，斯派赛等五人决定在波士顿举办诗歌朗诵会，斯派赛制作了手写的卡片，上面写着"埃兹拉·庞德吃虫子"（EZRA POUND EATS WORMS）。仅八人出席。

秋，开始创作诗集《仿洛尔迦》（*After Lorca*），并在圣诞节完成了《沃尔特·惠特曼颂》（*Ode for Walt Whitman*）的翻译。但在一封未注明日期的信中说："自从我在这个流放地开始工作以来，我没有写过一句话。"

11月，与乔和卡洛琳·邓恩夫妇乘飞机返回旧金山湾区。行前，写信给朋友说："开始为我祈祷吧。启动任何还在为我工作的魔法。帮我通知弹球机。在每个厕所的墙上写：火星人要回家了。"

12月，在一封信中，罗伯特·邓肯尖锐地批评了理查德·布劳提根的早期诗歌，并敦促他参加即将于1957年春天由斯派赛主持的"诗如魔法"工作坊（"Poetry as Magic" Workshop），将其称为"同时代人的公开论坛"（The Open Forum of Your Contemporaries）。[①]

[①] 不确定布劳提根接受邓肯建议的日期，但布劳提根并非"诗如魔法"工作坊的固定成员。但至少布劳提根与斯派赛的友谊在1957年便已牢固，当时斯派赛在诗集《训诫》（*Admonitions*, 1957）中写了一首《给迪克》（*For Dick*）给布劳提根。"迪克"是布劳提根的本名。

1957年

在伯克利和旧金山州立大学读诗，获得极大赞誉。2月11日，被聘为旧金山州立大学讲师（1957—1958），教两门课，其中一门是"诗如魔法"工作坊，每周二19:00—22:00在旧金山公共图书馆举行，吸引了海伦·亚当、罗伯特·邓肯、乔·邓恩、杰克·吉尔伯特（Jack Gilbert, 1925—2012）、乔治·斯坦利、詹姆斯·布劳顿（James Broughton, 1913—1999）、埃比·博尔加德、理查德·布劳提根等人。许多参与者都是旧金山或加州本地人。

2月21日，参加了在现代艺术博物馆举办的奥尔森读书会以及随后五个晚上的讲座。斯派赛坐在奥尔森腿边的地上，充分展现对这位前辈诗人和老师的尊重。但斯派赛试图通过塔罗牌施展魔法的举动激怒了奥尔森，原因之一是塔罗牌曾预测了其母的死亡。奥尔森对斯派赛的行为进行了激烈的回应："你的诗是胡扯，就像你的仪式和你的牌一样。"事后，斯派赛在《给查尔斯·奥尔森的一则附记》（*A Postscript for Charles Olson*）一诗中反击道："如果什么都没发生，就有可能/让事情发生/人类历史证明了这一点/以及一只猿/（现在）很可能是天使。"

3月27日，在旧金山诗歌中心举办的洛厄尔朗诵会上，鲍勃·康纳（Bob Connor）向洛厄尔朗读了他的一首在"诗如魔法"工作坊写作的诗，被后者批评为"下流"。但洛厄尔对海伦·亚当欣赏有加，答应为她的诗集找一个东海岸的出版商。

夏，《嚎叫》审判在旧金山开始。斯派赛在肯尼斯·雷克斯罗斯的公寓参加集体阅读，读了《腰间鸟之歌》(Song of the Bird in the Loins)一诗，这一幕的照片刊载在《生活》杂志上。

周日聚会（Sunday Afternoon Poetry Meetings）开始在位于旧金山杰克逊街的乔·邓恩家里举办。参与者被认为不属于金斯堡集团，他们将后者称为来自东海岸忙于政治宣传的入侵者。旧金山州立大学学生罗恩·路易文森及其好友布劳提根参加了这个聚会。

6月9日，斯派赛建议乔·邓恩去找一家出版社来出版"诗如魔法"工作坊里的诗歌。邓恩在谋求到了一个公司印刷部门的工作后，利用其设备，创立了白兔出版社（White Rabbit Press）。

斯派赛参加了邓肯的戏剧《美狄亚》(Medea)第一部和第二部的排练。

6月，在唐纳德·艾伦（Donald Allen）编辑的、由格罗夫出版社（Grove Press）在纽约出版的《常青评论》(Evergreen Review)第二期"旧金山专号"(San Francisco Scene issue)上发表了《瘟疫时期的伯克利》(Berkeley in A Time of Plague)、《跳舞的猿》(The Dancing Ape)、《冬眠——仿莫里斯·格雷夫斯》(Hibernation—After Morris Graves)、《精神分析：挽歌》(Psychoanalysis: An Elegy)、《腰间鸟之歌》(Song of the Bird in the Loins)等诗。这是斯派赛首次在全国性出版物上发表作品。但让斯派赛不快的是，该专号再度刊载了金斯堡的《嚎叫》，这首其认为"这世上被宣传得最广"

的诗歌。

6月，斯派赛在给布拉泽的信中谈及《仿洛尔迦》说："我在试图做的，是建立一种传统。当我完成时（尽管我确信没有人会发表它们），我希望有像我这样优秀的人将这些翻译成法语（或普什图语），添加更多内容。"

9月左右，与费城出生的画家拉塞尔·菲茨杰拉德（Russell Fitzgerald）恋爱，而菲茨杰拉德同时公开多次表达对垮掉派黑人诗人鲍勃·考夫曼[①]的兴趣。

11月，诗集《仿洛尔迦》(*After Lorca*) 由白兔出版社出版，杰西·柯林斯设计封面。斯派赛在完成《仿洛尔迦》之后，致信布拉泽："我发现我正在写一本书，而不是一系列诗歌，任何人的个人批评突然变得不那么重要了。"《仿洛尔迦》是斯派赛的第一本"序列诗"（Serial Poem）诗集。

年底，回到加州大学伯克利分校，开始与大卫·里德一起研究太平洋各州方言地图集。

完成诗集《训诫》(*Admonitions*) 和《音乐之书》(*A Book of Music*)。

[①] 考夫曼是具有犹太血统的黑人。当考夫曼的《阿博姆主义者宣言》(*Abomism Manifesto*) 发表在垮掉派杂志《至福》(*Beatitude*, 1959) 上时，斯派赛在文章后面潦草地写了"黑鬼"（Nigger）两个字，并把它放在拉塞尔·菲茨杰拉德家，随便让人看。后来，考夫曼确实看到了这个批注，并"很有技巧"地笑了起来。有人可能据此认为斯派赛具有种族主义倾向，但斯派赛否认，其中一个例证是与斯派赛关系密切的波士顿派年轻诗人史蒂夫·乔纳斯就是黑人。但斯派赛有反犹太主义倾向，例如他在至少两封信中，称罗伯特·伯格（Robert Berg）为"臭虫先生"（Mr. Bug）、"肥胖的犹太阉马"（Fat Semitic Gelding）。

1958年

1月，在一次为来访女诗人丹尼斯·莱弗托夫（Denise Levertov, 1923—1997）举办的晚会上，朗读了诗集《训诫》中的《致乔》（*For Joe*），该诗被误读出的厌女症性质冒犯了后者。1962年，莱弗托夫用诗歌《虚伪的女人》（*Hypocrite Women*）来反驳斯派赛。但有人将这首诗的主题解读为对海伦·亚当的辩护，即反对邓肯将她的女性身份以某种形式加以利用。在斯派赛组织"魔法工作坊"时，邓肯组织了一个以女诗人为主的小型阅读、写作和社交团体"少女"（The Maidens），其被认为是他对垮掉派爆发的反应。

4月，拉塞尔·菲茨杰拉德从费城回到旧金山，与斯派赛同居。这段蜜月期对斯派赛的诗歌和菲茨杰拉德的绘画来说，都十分重要，因为两人的作品以一种几乎可以称之为合作的方式相互影响。斯派赛开始计划写一本关于塔罗牌的书[①]，而菲茨杰拉德设计了一套塔罗牌。

夏天，客体派诗歌代表人物路易斯·祖科夫斯基（Louis Zukofsky）来到旧金山州立大学诗歌中心的夏季研讨会上授课。邓肯多次试图阻止祖科夫斯基及其家人与斯派赛见面，最终催生了后者的悲伤诗《密谋》[②]（收入《音乐之书》）。见面后，斯派赛向祖科夫斯基推荐了威廉·卡洛斯·威廉斯的

[①] 该书未完成，留下了著名作品《一本关于塔罗牌的书的计划》（*A Plan for a Book on Tarot*）。
[②] 同行的包括路易斯·祖科夫斯基妻子西莉亚和儿子保罗，后者当时被誉为小提琴神童，所以该诗中出现"小提琴"意象。

诗，作为他最喜欢的诗人的最佳作品。

7月15日，菲茨杰拉德当着斯派赛的面与鲍勃·考夫曼接吻，并开始与考夫曼交往，这件事沉重打击了斯派赛。斯派赛把拉塞尔·菲茨杰拉德赶出了莱文沃斯街公寓，写了《反对上帝的十五个错误命题》(*Fifteen False Propositions Against God*)，并将其钉在了菲茨杰拉德新住处的门上。斯派赛写了一篇侦探小说的六个章节，死后以《巴别塔》(*The Tower of Babel*)为名出版，其中的角色多以朋友和敌人为原型。

"长舌者之夜"(Blabbermouth Night)成为"老地方"酒吧的常规节目。它通常会确定一个官方主题，在不计时的三分钟里，诗人可以喋喋不休，也可以按自己的兴趣确定演说主题或朗读事先准备好的诗作。这些主题可以毫无意义、不知所云，比如"如果圣女贞德流产了，今天的世界会是什么样子""百吉饼作为避孕工具的优越性"等。朗诵者的表现根据听众发出声音的持续时间和创造性来评判，评判方式包括起哄、提问、辩论，而奖品是一杯免费饮料。

该年完成诗集《比利小子》(*Billy the Kid*)，开始创作《音乐之书》(*A Book of Music*)。周日下午的聚会也在不同地点进行。

担任加州大学伯克利分校语言学系的研究员（1958—1964）。

1959年

3月中旬，完成无注释版的诗集《向克里利致敬》(*Homage to Creeley*)。弗兰·赫恩登为该诗集创作了石版画插图。

4月中旬，在命名为"博尔加德博物馆"(*Borregaard's*

Museum)的画廊里，面对众多诗人，斯派赛将这部诗集从头到尾朗读了三遍，号称"在一部诗集里开派对"。随即，哈罗德和朵拉·杜尔夫妇（Harold and Dora Dull）以他们所住的波莫印第安人保留地里的油印机，印刷出版了这部作品。在创作该诗期间，斯派赛宣布，他一直是通过"听写"（Dictation）来创作诗歌的。他不再"掌控"自己的写作——某种外在的力量把他当作一种出神的媒介。他的"个性"再也无法侵入。

6月，在伯克利的一次醉酒派对上，艾伦·金斯堡当众跪在斯派赛面前，向后者做出模拟口交的动作，被斯派赛拒绝了。但金斯堡称他从斯派赛的眼中看到了"欲望、畏缩和恐惧"。罗宾·布拉泽在波士顿生活了近五年后回到旧金山湾区。

秋天，斯派赛的缪斯之一、出生于印第安纳州韦恩堡的詹姆斯·亚历山大（James Alexander）来到旧金山，在周日聚会上遇到斯派赛。11月他返回印第安纳州时，引发斯派赛创作了一系列重要诗歌：《致詹姆斯·亚历山大的信》（1958—1959）、《阿波罗给詹姆斯·亚历山大的七首儿歌》（*Apollo Sends Seven Nursery Rhymes to James Alexander*, 1959）以及《以太城的首领》（*The Heads of the Town Up to the Aether*, 1960）。

9月初，与艺术家弗兰·赫恩登共同编辑油印杂志《J》第1—5期。《J》的第一期以詹姆斯·亚历山大的《杰克兔诗》（*The Jack Rabbit Poem*）开篇，其中包含几位斯派赛在《告诫》中写过诗或信的诗人：乔·邓恩、理查德·布劳提根、罗伯特·邓肯、哈维·哈蒙（Harvey Harmon）和罗宾·布拉泽等。

10月，杰西·科林斯和罗伯特·邓肯在斯廷森海滩

（Stinson Beach）以其短暂经营的出版社"恩奇都代理人"（Enkidu Surrogate）的名义，为斯派赛出版了诗集《比利小子》，杰西·柯林斯绘制插图。[①]

《想象的挽歌》（五、六）发表于《J》。《反对上帝的十五个错误命题》发表在《至福》第3期。与罗纳德·普里马克（Ronald Primack）、布鲁斯·博伊德（Bruce Boyd）、乔治·斯丹利（George Stanley）等人一起在《至福》第6期发表《颂歌》（*Epithalamium*）。

1960年

周日聚会只剩下吉姆·赫恩登、杰克·斯派赛、罗宾·布拉泽和兰迪斯·埃弗森。

4月，由唐纳德·艾伦（Donald Allen, 1912—2004）编辑的《新美国诗歌 1945—1960》（*The New American Poetry 1945–1960*）出版，其中包括斯派赛《想象的挽歌》前四个部分、诗观《给洛尔迦的信》（*Letter to Lorca*）以及传记笔记《杰克·斯派赛：不喜欢他被记录的生活》（*Jack Spicer: "Does Not Like His Life Written Down."*）。

5月，与布拉泽一起萌生了创办大学的想法。该大学始称"流亡中的黑山学院"（Black Mountain College in Exile），后改称为"白兔学院"（White Rabbit College）。斯派赛与布拉泽一起设计了课程，所有课程由作家和画家讲授，也只面向作家和画家开设。邓肯讲授神话；杰西讲授现代绘画；

[①] 斯派赛的这本书之所以不由白兔出版社出版，是因为这时候乔·邓恩开始吸毒，将从订阅者那里拿到的钱用于购买毒品。斯派赛极端讨厌毒品。

斯派赛讲授诗歌与政治以及伊丽莎白时代的诗歌；布拉泽讲授法国诗歌（从阿尔托开始）；宝琳·奥利弗罗斯（Pauline Oliveros）[①]讲授音乐。罗伯特和杰西同意每周讲课一次，从6月15日到9月的某天。他们希望将学院地址放在"博尔加德博物馆"，但遭博尔加德反对。最后只有邓肯的课程和奥利弗罗斯的音乐课程完结。

6月，参加约翰·克罗·兰森（John Crowe Ransom）在旧金山的朗诵会。约翰曾在20世纪40年代因邓肯宣布自己是同性恋而拒绝在《凯尼恩评论》上发表其作品。斯派赛还对邓肯不常从斯廷森海滩回旧金山的做法以及喜欢与"城市之光"书店老板劳伦斯·费林盖蒂交往的做法非常不满。在《至福》第17期费林盖蒂的诗后写下："当我听到'费林盖蒂'这几个字/我就想去拿我的木……仓。"其后又在《向克里利致敬》的"解释性说明"中写下著名的诗句："费林盖蒂是诗人发明的一个毫无意义的音节。"

与奥尔森和克里利关系密切，为推广路易斯·祖科夫斯基的诗歌做了大量工作的《起源》（Origin）编辑西德·科尔曼[②]来到旧金山，斯派赛对祖科夫斯基诗歌的熟悉程度以及深刻见解，给科尔曼留下了良好的印象。

写作《海伦：一次修订》（Helen: A Revision）。

1960年后，拒绝在加利福尼亚州以外的地方出版他的作品，并拒绝让他的作品获得版权。

[①] 美国作曲家、手风琴家，也是战后实验音乐和电子音乐发展的核心人物。
[②] 旅居欧洲和日本六年的西德·科尔曼在旧金山住到了1962年，之后他返回日本京都居住。

1961年

1月,最雄心勃勃的长诗《以太城的首领》在博尔加德博物馆首次被朗读,但活动开始前斯派赛就已喝得酩酊大醉,他本人只读了"致敬"(Homage),其他部分由布拉泽代为朗诵。该诗在斯派赛的朋友们中获得极大认可。

秋,与正在西海岸巡演的黑人民族主义者、诗人勒罗伊·琼斯(Everett Leroy Jones,1934—2014)成为朋友,这是斯派赛并非种族主义者的证据之一。

该年创作《哀悼造物主》(*Lament for the Makers*)。其将与邓肯诗学的关系作为这本书的主题和动机,加重了两人之间关系的紧张。该年开始创作诗集《圣杯》。斯派赛告诉格雷厄姆·麦金托什,他自己在这本诗集里以兰斯洛特(Lancelot)① 的面目出现。

两卷本的选集《加利福尼亚人》(*The Californians*)出版,罗伯特·皮尔索尔(Robert Pearsall)和厄休拉·斯皮尔·埃里克森(Ursula Spier Erickson)主编,重刊了斯派赛的三首诗。

1962年

春,在乔治·斯坦利的杂志《N——旧金山资本主义吸血鬼》(*San Francisco Capitalist Bloodsucker—N*)上发表《马克思主义随笔三章》(*Three Marxist Essays*)。

---

① 亚瑟王传说系列中出现的人物,通常被描绘成亚瑟王的亲密伙伴和最伟大的圆桌骑士之一。

开始追求传奇流浪男孩托尼·阿斯特(Tony Aste)。阿斯特刚到北滩不久,就和理查德·布劳提根成了朋友,但不久与布劳提根的妻子弗吉尼亚·金妮(Virginia Ginny)发生婚外情,并在后来娶了她。斯派赛创作《圣杯》时,托尼/弗吉尼亚/布劳提根的三角关系在他脑海里萦绕不去,但其背后仍然是罗伯特·克里利/玛特·拉森/肯尼斯·雷克斯罗斯的三角关系。自从斯派赛在波士顿第一次听说这件事以来,后者就激发了他的想象力,并启发了他的侦探小说和《向克里利致敬》。托尼·阿斯特和弗吉尼亚私奔的结果之一就是促成了斯派赛和布劳提根之间的亲密关系。斯派赛欣赏布劳提根的诗歌,并将其发表在《J》杂志上。其时布劳提根正在努力创作他的第一部小说《在美国钓鳟鱼》[1]。他一页一页地拿给斯派赛看,两人就像修改长诗一样修改它。后来,布拉泽为布劳提根的小说《在西瓜糖里》提供了类似的服务。布劳提根将《在美国钓鳟鱼》献给罗恩·路易文森和杰克·斯派赛。斯派赛对盖尔·楚格(Gail Chugg)说:"布劳提根写了一首伟大的诗!"斯派赛不仅捍卫《在美国钓鳟鱼》,他还安排布劳提根连续两晚在旧金山的一个教堂公开朗读这部小说。

6月,斯派赛与邓肯的关系恶化。布拉泽陷入与斯坦·佩尔斯基、托尼·阿斯特的三角恋。

夏,《测量》(*Measure*)第3期发表其创作于1955年的诗歌《中央公园西》(*Central Park West*)。诗人、单簧管演奏家罗恩·普里马克(Ronnie Primack)成为斯派赛的室友,在

---

[1] 完成于1961年,出版于1967年。

后者的鼓励和指点下，创作了《致洛杉矶游骑兵队已故的霍勒斯·贝尔少校》(*For the Late Major Horace Bell of the Los Angeles Rangers*)[①]。作为一个对上大学的想法感到厌恶的人，斯派赛劝罗恩去上大学。

8月，完成《圣杯》。

8月28日，布拉泽借在自己的公寓里举行欢迎画家约翰·巴顿（John Button）和雕塑家斯科特·伯顿（Scott Burton）的晚宴，来缓和斯派赛与邓肯的关系。但斯派赛未征得同意带来了罗恩·普里马克、乔治·斯坦利、斯坦·佩尔斯基等人。席间举行刚完成的《圣杯》的朗诵会，但斯派赛不允许其他人朗读，自己也拒绝朗读，并批评邓肯对温哥华新诗的支持，以及对布拉泽所拥有的杰西画作嗤之以鼻，从而激怒了邓肯和杰西。

9月，在布拉泽的帮助下，诗集《以太城的首领》[②]由奥尔哈恩出版社（Auerhahn Press）出版。该诗集在《向克里利致敬》的基础上增加了两章和"解释性说明"。此书是斯派赛第一本受版权保护的书籍，但他反对作家对他的作品拥有版权，因此他自己颇为困扰。

10月，乔治·斯坦利和斯坦·佩尔斯基在斯派赛的鼓动下，以现场举牌的方式，抵制邓肯戏剧《亚当之路》(*Adams' Way*)的首演。斯派赛未至现场。

[①] 1963年1月，由白兔出版社出版。封面插图由格雷厄姆·麦金托什的妻子 Cathy Mackintosh 绘制。
[②] 据说苏格兰作家、诗人和基督教公理会牧师乔治·麦克唐纳（George MacDonald）的奇幻小说《莉莉丝》(*Lilith: A Romance*)启发了斯派赛创作这部诗集。

格雷厄姆·麦金托什重振休眠的白兔出版社。《哀悼造物主》由白兔出版社出版，格雷厄姆·麦金托什绘制插图。

冬天，托尼·阿斯特驾车带斯派赛穿过旧金山百老汇隧道时发生严重车祸。斯派赛一瘸一拐地返回公寓时，向罗恩·普里马克声称他的肋骨断了，他要死了。他要求普里马克给赫恩顿一家打电话，就像一个受惊的孩子打电话给他的父母一样。吉姆·赫恩顿半夜开车过来带斯派赛去了医院。之后斯派赛住进了赫恩顿家里，饮酒量增加，以抑制疼痛。

创作《红色独轮车》(*A Red Wheelbarrow*)、《圣杯》和《魔像》(*Golem*)。

1963年

春，在布劳提根与罗恩·路易文森编辑的《改变》(*Change*)中，邓肯发表"辟邪诗"《变革的部分序列》(*A Part-Sequence for Change*)，号称是为了抵御斯派赛阴谋集团的"坏魔法"而写的。邓肯致信勒罗伊·琼斯称，斯派赛指责他"嫖娼"，即指他在大学朗读，在《诗刊》和《国家》(*The Nation*)发表文章，以及为了市场而写作。在纽约，琼斯同样感到自己受到了奥哈拉和乔·勒苏埃尔圈子的虐待，因此邓肯将斯派赛和奥哈拉的两个圈子看作是同性恋阴谋集团。

夏，罗恩·普里马克搬离斯派赛的公寓，去纽约。斯派赛住进哈罗德·杜尔（Harold Dull）夫妇的公寓。不久，他的前情人拉塞尔·菲茨杰拉德与哈罗德·杜尔的妻子朵拉·杜尔（Dora Dull）私奔到纽约。

7月，斯派赛离开了加利福尼亚街1650号的地下室公寓

（他在那里创作了《以太城的首领》的大部分内容和《圣杯》的全部），搬至他最后的住所波尔克街1420号。

7月24日—8月16日，邓肯参加不列颠哥伦比亚大学赞助的温哥华诗歌会议（Vancouver Poetry Conference）。除他之外，会议还邀请了奥尔森、克里利、金斯堡、丹尼斯·勒沃托夫（Denise Levertov, 1923—1997）等。邓肯对伯克利文艺复兴时期成员所走道路的详细介绍，为1965年杰克·斯派赛和罗宾·布拉泽受邀参加该会议奠定了基础。其间，斯派赛派当时仅十八岁的青年诗人哈里斯·希夫（Harris Schiff, 1944—）专程从旧金山至温哥华诗歌会议，向邓肯提问"诗歌和缆车有什么区别"。这个恶作剧被认为可能是斯派赛对没有被邀请参加温哥华诗歌会议的报复。在此次会议上，金斯堡在听到丹尼斯·勒沃托夫对她在米尔谷的磨难的描述后，他向所有人宣布他想前往旧金山让杰克·斯派赛"振作起来"。其后，金斯堡来到旧金山Gino & Carlo酒吧斯派赛的桌前，对斯派赛说"我来拯救斯派赛的灵魂"，斯派赛回答："你最好小心，否则你会成为一个邪教领袖，而不是诗人。"[①]这是两人的最后一次会面。

11月，开始《语言》(*Language*)的创作。

该年，斯派赛致力于《地图诗》(*Map Poems*)的创作。

---

① 后来金斯堡说他认为他"不太可能"在1963年与杰克会面时发出这样的挑战。他说："嗯，也许吧，但我认为那次对话更诙谐。我没有走到他跟前说，'我要拯救你的灵魂'。我希望没人把它当作一个严肃挑战对话。事实上，我去了那里是要与他重新建立联系，因为我尊重他。我不了解他的诗歌，但我了解他对很多年轻诗人的影响。我根本不了解他的圈子。我只是想表示友好，并加入其中。"

1964年

1月，《开放空间》(*Open Space*) 杂志出版，由斯坦·佩尔斯基编辑。该刊力图破除不同派别之间的敌意。其第0期[①]的主题定为"招股说明书"(A Prospectus)，编者前言将该刊定位为朋友们的"工作场所"，强调应该"不拘一格拿东西"，并发表金斯堡的诗作《猫头鹰》(*Owl*)，都指向了坚定的开放立场。第2期编者前言说得更明确："《开放空间》不是大麻汤、酒吧布景或酷儿小圈子"，而是"实际的工作空间、过程、记事本"。为此，该杂志为特定的作家和艺术家提供"开放空间"，即其作品将在不受审查或限制的情况下印刷。此外，该刊强调其"重点不是八卦或政治，而是诗歌所能传达的一种美学"。虽然佩尔斯基在第6期编者前言中说金斯堡那种"流行的风格"已经过时，但他并非基于斯派赛式的对抗立场，而是明确指出，"现在的风格是按照克里利或丹尼斯·勒沃托夫和威廉斯部分作品的方式，创作紧凑、精辟的诗歌"。而且，他明确指出此形势判断来源于斯派赛。

3月，斯派赛被加州大学伯克利分校解雇，理由是地图集项目"不再可行"。在里德的帮助下，惊慌失措的斯派赛去斯坦福大学求职。

夏，他开始在旧金山的锡安山医院（Mt. Zion Hospital）接受心理治疗。在恐慌中，考虑到财政状况，斯派赛试图决定收起自尊，尝试与"城市之光"书店老板费林盖蒂和好。

[①] 该杂志在第1期之前，还有第0期。

之前，他认为费林盖蒂代表了诗歌商业化的最糟糕的一面，"城市之光"书店是一个旅游胜地，并抵制在那里出售他的作品。但1964年后，他开始在这里卖书。

5月，得到了斯坦福大学智库"社会科学数学研究所"（Institute for Mathematical Studies in the Social Sciences）研究助理的兼职工作岗位。

8月，开始给异性恋者拉里·科尔尼（Larry Kearney）写诗集《语言》中的"爱情诗"（Love Poems），并发表在《开放空间》上。但后者爱上了斯派赛也同样心仪的已婚女诗人吉米·麦金尼斯（Jamie MacInnis）。

9月中旬，在斯坦福的工作条款发生变化，不得不从兼职过渡到全职，由此处于持续焦虑中。斯派赛经常蓬头垢面，指甲很脏，手指上沾满烟草，身上散发难闻的气味。他的身体伴有轻微的颤抖，且曾多次摔倒。

秋，斯派赛和布拉泽向塞拉俱乐部（Sierra Club）执行董事戴维·布劳尔（David Brower）提出了一个关于加州诗歌的项目，此项目既与斯派赛在伯克利的"方言地图集"工作有关，也与皮尔索尔与埃里克森早期的选集《加利福尼亚人》有关。他们雄心勃勃地计划出版一部涵盖加州诗歌的三个阶段的选集。第一部分是19世纪的边疆诗歌，包括早期西班牙时期的诗歌，可能以罗宾逊·杰弗斯、玛丽·奥斯汀（Mary Austin）和林肯·斯蒂芬斯（Lincoln Steffens）组成的卡梅尔集团（Carmel Group）结束。第二部分讲述了加州诗歌在二战期间的经历，以雷克斯罗思为界；第三部分关注的是战后时期。这个想法是覆盖整个州，不仅是南加州和北加州，还有农村地区（例如，玛丽·奥斯汀可能代表欧文斯谷，杰弗斯代表大苏尔）。不仅包括"文学"，还包括日常生活中的文档和历史文本（淘金热的报纸、信件、西班牙语资料，甚至印第安人传说）。它将创建一个涵盖时间和地点的网格，就像斯派赛花了多年时间制作"方言地图集"一样。但该计划最后未付诸实施。

诗集《圣杯》由白兔出版社出版，格雷厄姆·麦金托什绘制插图。

《亲爱的杰克：斯派赛、费林盖蒂通信》(*Dear Jack: The Spicer/Ferlinghetti Correspondence*) 发表于《开放空间》，并由白兔出版社出版单行本。

1965年

"太平洋国家"（Pacific Nation）是斯派赛生命末期倡导的一个重要概念。其迫切希望建立一个从特哈查皮山脉沿海岸一直到加拿大北部，甚至包括阿拉斯加，但不包括洛杉矶的太平洋联邦。这个新国家将是一个由思想迥异的民族组成的实体，是在地理上令人惊叹的，西方化的，在概念的各个方面都是太平洋的。斯派赛告诉罗伯特·凯利（Robert Kelly），他是加州共和军（the California Republican Army）的一员，希望通过暴力手段重建一个独立的加州，并与法国和中国结盟。"太平洋国家"概念也出现在其好友菲利普·K. 迪克1962年的小说《高堡中的男人》(*The Man in the High Castle*) 中。

1月，开始创作《杂志诗之书》(*Book of Magazine Verse*)。

T. S. 艾略特在本月去世时，斯派赛颇受触动，他对拉里·科尔尼说，他钦佩《四个四重奏》及其中"走向黑暗的尝试"。尽管斯派赛和邓肯等人在1948年写了《献给埃兹拉·庞德的诗篇》，但他对庞德的关心从未像对艾略特那样强烈。他认为庞德没有像艾略特那样走进黑暗的勇气。

2月，英属哥伦比亚大学教授沃伦·塔尔曼（Warren Tallman）代表温哥华诗歌协会邀请斯派赛参加温哥华诗歌节。他为一群热情的年轻人朗诵了《语言》。他的旅行很成功，因为他朗读时没有出现夜盲症，观众喜欢他，他也得到了100美元报酬，并报销了机票费用。

5月17日，斯派赛、布拉泽和斯坦·佩尔斯基三人搭乘州际公共汽车前往温哥华，沃伦·塔尔曼在新设计画廊（New Design Gallery）为诗人们安排了一场联合朗诵会。每到一个公共汽车站，布拉泽都得找一家酒馆给斯派赛倒杯酒。杰克紧张不安，又偏执地不愿带酒，担心警察上车查禁。

6月13日，在塔尔曼家开展了后来著名的"温哥华讲座"（Vancouver Lectures），首次全面地阐述了他的诗学，特别是"诗即听写"理论和"序列诗"。第一场讲座主要解释了他的听写理论，并通过阅读《诗歌教科书》来阐明他的观点。第二场讲座是关于"序列诗"的发展，以阅读《圣杯》为例。但除了解释为什么20世纪著名的长诗不是"序列诗"之外，这堂课变成了对听写理论的进一步研究。第三次讲座围绕诗歌创作过程与《杂志诗之书》。斯派赛以棒球为喻，在解构传统诗歌形式的同时，构建了其后现代诗学的框架——诗歌是超自然转译的媒介，是挑战语言常规、抵抗现实的武器，更是灵魂在混沌中锚定意义的浮木。三场讲座收费5美元，单场收费2美元。

西蒙弗雷泽大学（Simon Fraser University）英语系主任、语言学家罗恩·贝克（Ron Baker），邀请斯派赛9月来西蒙弗雷泽大学教授语言学、诗歌。①

6月，斯派赛的《诗六首，为芝加哥〈诗刊〉而作》（*Six Poems for Poetry Chicago*）被《诗刊》退稿。白兔出版社出版斯派赛的诗集《语言》。

夏，在酒吧认识刚来旧金山的作家汉斯·沃尔克尔（Hunce Voelcker，1940—1992）及其男友、有印第安人血统的演员和作家卢瑟·卡普（Luther T. Cupp）。后者当时不到十八岁，经历极像托尼·阿斯特，被斯派赛称呼为"林克·马丁"（Link Martin）。他是斯派赛最后的"兰波"，亦被称为"杀死斯派赛的男孩"②。

7月14—15日，斯派赛在伯克利诗歌大会上发表了他的第四次，也是最后一次演讲"诗歌与政治"（Poetry and Politics）。他是在会议上进行个人朗诵和演讲的七位诗人（还包括邓肯、加里·斯奈德、奥尔森、埃德·多恩、金斯堡和克里利）之一。此时他佝偻着腰，脸肿，随后追随者们将他送回了旧金山。

7月的最后一天，斯派赛从水上公园回来路上喝醉，被发

---

① 斯派赛死后，罗恩·贝克改聘了布拉泽，促成了后者未来移民加拿大。
② 戏仿奥哈拉给画家露丝·克里格曼（Ruth Kligman）的标签"死亡之车女孩"（Death-Car Girl）。1956年8月11日，抽象表现主义运动的主要人物保罗·波洛克（Paul Pollock）醉酒超速行驶，造成伊迪丝·梅茨格（Edith Metzger）和波洛克在车祸中丧生，其女友克里格曼被抛出车外，身受重伤。

现昏迷在他所住大楼的电梯里。他手里拿着他的晚餐：一个鸡肉三明治。电梯一开，一住户看到他浑身脏兮兮的，身上还渗着排泄物和呕吐物，便跑去找人报了警。随后斯派赛被送往旧金山总医院接受肝功能衰竭治疗。在混乱中，斯派赛仍然身份不明。几天后，罗宾·布拉泽打电话给几家医院，发现总医院的濒临死亡者就是斯派赛。詹姆斯·赫恩登到达医院时，看见布拉泽正与一位年轻医生争吵。这位医生说："你在担心什么？这是一个他妈的普通老酒鬼。反正这个浑蛋很快就要死了。"布拉泽抓住医生衬衫，大声说："你说的是一位大诗人！"经过初步的血液排毒治疗，斯派赛的病情好转了一段时间。他意识到自己是谁和在哪里，认出了访客，并试图说话。

8月17日，斯派赛去世。临终前，他经过一番可怕的挣扎，大小便失禁，忽然对布拉泽说了被认为是尚为清醒的话："我的语言使我如此。你的爱会让你走下去。"①

被匿名安葬在旧金山。

1966年

《杂志诗之书》由白兔出版社出版。

1967年

《浮熊》(*Floating Bear*) 第34期，发表斯派赛作品《查尔

---

① 布拉泽转述的斯派赛遗言原文为：My vocabulary did this to me. Your love will let you go on. 而沃伦·塔尔曼记忆的版本是：我被困在自己的词语中。你会被爱拯救。(I was trapped inside my own vocabulary. You will be saved by love.)

斯河里死了5000条鱼的那天》(*The Day 5,000 Fish Died in the Charles River*)。

纽约克里亚出版社（Kriya Press）出版他的宽边作品《普莱森特谷》(*Pleasant Valley*)。

1968年

《红色独轮车》在英格兰苏塞克斯（Sussex）由出版机构"集合一"（Collection One）出版。

1969年

1月30日，在斯派赛四十四岁生日这天，《蒂什》(*Tish*)杂志发表了《地球上的五种变奏》(*Five Variations on the Earth*)一诗，编辑声称这是斯派赛口授给他的，这成为给那些试图推出他早期诗歌确定版本之人的一种警告。佩尔斯基认为，这首诗的写作和发表使得"即使是（斯派赛）作品的最忠实的学生，也很难确定什么是杰克·斯派赛，什么不是杰克·斯派赛"。

《音乐之书》由白兔出版社出版，格雷厄姆·麦金托什绘制插图，扉页背面写着"斯派赛的书均不受版权保护"。

《比利小子》由都柏林的新作家出版社（New Writers' Press）出版。《圣杯》由伯克利的"海盗旗出版社"（Jolly Roger Press）出版。

1970年

《哀悼造物主》再度发表在檀香山的《九只蜂王》(*Nine*

Queen Bees）杂志第0期上。

《训诫》出现在《写作》(Writing) 第2期、《毛毛虫》(Caterpillar) 第12期的"罗宾·布拉泽与杰克·斯派赛"特辑上。

1971年

《红色独轮车》由伯克利的阿里夫（Arif）出版社出版。

《哀悼造物主》由伦敦的"芦荟"（Aloes）出版社出版。

1973年

唐纳德·艾伦和沃伦·托尔曼编辑的《新美国诗歌诗学》(Poetics of the New American Poetry)，包括斯派赛温哥华讲座的摘录和《仿洛尔迦》中的信件，詹姆斯·赫恩登出版与斯派赛交往的回忆录《一切如预期》(Everything As Expected)。

1974年

《训诫》由纽约的"诗歌历险出版社"（Adventures in Poetry）出版油印本。

《反对上帝的十五个错误命题》由伯克利的"曼根草"（ManRoot Books）出版。

1975年

《曼根草》(Manroot) 第十期发表"杰克·斯派赛专辑"。

《比利小子》由旧金山的牡蛎出版社（Oyster Press）出版。

1986年

6月20日,"杰克·斯派赛研讨会"在新加州学院(New College of California)举行。《铁木》(*Ironwood*)第14卷第28号发表"倾听无形者——艾米莉·狄金森和杰克·斯派赛"(Listening for the Invisible—Emily Dickinson and Jack Spicer)专辑。

1987年

旧金山的《行动》(*Acts*)第6期,发表杰克·斯派赛专辑,包括来自新加州学院会议的回忆文字与论文。

1994年

刘易斯·埃林厄姆(Lewis Ellingham)和凯文·基利安(Kevin Killian)编辑的《思绪:侦探小说第三章》(*The Train of Thought: Chapter III of a Detective Novel*)由加那利群岛特内里费岛的扎斯特勒图书公司(Zasterle Books)出版。两人编辑的《巴别塔:杰克·斯派赛的侦探小说》(*The Tower of Babel: Jack Spicer's Detective Novel*)由纽约的护身符之家(Talisman House)出版。

1997年

《缺乏感知力的讲座系列》(*The Imercipient Lecture Series*)第1卷第7号,发表刘易斯·埃林厄姆和凯文·基利安共同撰写的《杰克·斯派赛的五年》(*Five Years in the Life of Jack Spicer*)。

1998年

刘易斯·埃林厄姆和凯文·基利安的《诗人如神：杰克·斯派赛与旧金山文艺复兴》(*Poet Be Like God: Jack Spicer and the San Francisco Renaissance*)和彼得·吉兹编辑的《杰克建造的房间：杰克·斯派赛讲座集》(*The House that Jack Built: The Collected Lectures of Jack Spicer*)由卫斯理大学出版社（Wesleyan University Press）出版。

2009年

诗集《我的语言使我如此：杰克·斯派赛诗选》(*My Vocabulary Did This to Me: The Collected Poetry of Jack Spicer*)获得美国图书奖（American Book Award）[1]。

---

[1] 该奖旨在表彰美国文学中的杰出作品，不限制种族、性别、民族背景或流派。该奖项由1978年设立的关注多元文化的非营利组织"哥伦布之前基金会"（Before Columbus Foundation）管理，于1980年首次举行颁奖典礼。该奖并非"美国国家图书奖"（National Book Awards）。

肖水(1980-)

生于湖南郴州。诗人、作家、译者,复旦大学文学博士。出版有诗集《失物认领》《中文课》《艾草:新绝句诗集》《渤海故事集:小说诗诗集》《两日晴,郁达夫:绝句小说诗》,合译《草坪的复仇》《布劳提根诗选》《在美国钓鳟鱼》。曾获未名诗歌奖、《上海文学》诗歌新人奖、诗探索奖·新锐奖、三月三诗会奖、第二届华语青年作家奖·提名奖、第二届建安文学奖、《诗刊》2023年度陈子昂诗歌奖·青年诗人奖。现执教于上海大学文学院。

白哲翔(1998-)

原名Mikita Baravik,生于白俄罗斯奥尔沙市,白俄罗斯诗人、译者。先后就读于白俄罗斯国立大学、复旦大学、同济大学。中文诗作散见于《诗刊》《诗林》《北京文学》等刊物;曾翻译李白、杜甫、寒山、苏轼、北岛、杨炼、欧阳江河、柏桦、郑小琼、肖水等人的诗作。